그대라서 좋다,
토닥토닥 함께

그대라서 좋다,
토닥토닥 함께

초판 인쇄 · 2021년 1월 15일
초판 발행 · 2021년 1월 20일

지은이 · 장현숙 외
펴낸이 · 한봉숙
펴낸곳 · 푸른사상사

주간 · 맹문재 | 편집 · 지순이 | 교정 · 김수란
등록 · 1999년 7월 8일 제2-2876호
주소 · 경기도 파주시 회동길 337-16 푸른사상사
대표전화 · 031) 955-9111(2) | 팩시밀리 · 031) 955-9114
이메일 · prun21c@hanmail.net
홈페이지 · http://www.prun21c.com

ⓒ 장현숙 외 2021

ISBN 979-11-308-1757-6   03810
값 16,000원

그대라서 좋다,
토닥토닥 함께

장현숙 정승아 정지원 최명숙 한치로 김동성
김현아 박혜경 엄혜자 유미애

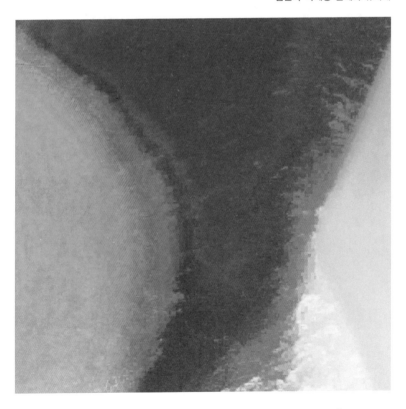

행복한 삶이란 좋아하는 그대와 토닥토닥 함께 걷는 일이다. 함께 푸르른 가을 하늘도 쳐다보고, 앙상하게 제 몸을 드러내고 있는 나무에게도 인사하고, 파릇파릇 돌 틈에서 얼굴을 내미는 새싹을 보면서 예쁘게 미소 짓는 일이다. 침묵 속에서도 서로의 숨결을 느끼고 감싸 안으며, 그냥 좋은 그대와 동행하는 일이다.

산다는 것은 누군가와 인연을 맺는 일이다. 좋은 인연은 좋은 결실을 맺는다. 부세청연 선연선과(浮世淸緣 善緣善果). 부박한 세상에서 어떤 인연은 죽은 나무에서 꽃을 피우게도 하고, 어린 박새에게 생명의 숨결을 불어넣기도 한다. 어떤 인연은 7천 겁을 지나 자귀꽃 피는 계절, 부부로 맺어져 미운 정 고운 정 쌓으며 동고동락한다. 또 어떤 인연은 8천 겁을 지나 부모와 자식으로 만난다. 어머니는 물떼새가 되기도 하고 장다리꽃이 되기도 하고 우렁이가 되기도 한다. 에어리엽낭거미처럼 새끼에게 자기 육신을 먹이로 내어주기도 한다. 아버지는 따뜻하고 든든한 손으로 큰 세상을 마주할 때마다 자식의 손을 잡아준다. 오직 자식의 안녕만을 기도하며. 또 어떤 인연은 만 겁을 지나 스승과 제자로 만난다. 스승은 제자에게 어둡고 차가운 밤하늘을 화안히 밝혀주는 북극성으로 존재한다. 또한 스승은 추운 겨울 제자에게 머플러를 매어주는 따뜻한 손길이 되어주기도 한다.

이렇게 우리는 부부의 인연으로, 부모와 자식의 인연으로, 스승과 제자의 인연으로, 친구의 인연으로 만나 살아간다.

일상을 살아간다는 것은 부초처럼 안개 낀 바다를 떠다니는 일이다. 사람과 사람 사이에 언제나 섬이 있어 외로움과 슬픔이 자리할 때, 우리는 자신만의 비밀 정원, 숲길을 찾아 쉬어 간다.

종종 산다는 것이 힘이 부칠 때, 알 수 없는 생의 굶주림을 느낄 때, 혹은 스스로에게 연민을 느낄 때, 자신만의 낙원을 찾

그대라서 좋다, 토닥토닥 함께

아 떠나간다.

길게 늘어진 초록빛 나무들을 지나, 햇살을 향해 눈을 맞춘다. 정적 속에서 흐르는 물소리, 바람이 불러낸 청량한 나뭇잎들의 소리, 소곤거리는 새소리까지 덜 여물고 더딘 우리의 마음을 보듬어준다.

자연은 밝게 눈부시게 말없이 위로를 건네준다. 우리는 충만 속에 가득한 텅 빈 고요를 바라보며 스스로를 비운다. 허기와 공허가 다시 생명으로 충만해지면 우리는 다시 각자의 시간과 공간으로, 일상으로 돌아오는 것이다. 일상을 살아내는 일은 이렇게 숭고하고 경건한 일이기도 하다.

삶의 꽃이 피고 질 때, 언제나 마주 바라보고 손 내밀어주는 그대가 있어 든든하다.

여행한다는 것은 구름 따라 물 따라 일상으로부터 탈주를 시도하는 일이다. 계곡물에 눈과 귀를 씻으며, 삶의 순리와 살아가는 이치를 깨닫는 일이다. 산눈 흩날리는 쓸쓸한 저녁노을을 바라보며 삶과 죽음을 생각하는 일이다. 화안히 피어 있는 풀꽃을 보며 희망을 발견하는 일이다. 스스로 깊어가는 강물을 보며 마음 거울을 닦는 일이다.

그래서 우리는 낯선 이국땅에서 작은 골목길을 걸으며, 새로운 나를 만들어가고 진정한 나를 찾아간다. 혼자, 어느 날 갑자기, 배낭 같은 삶의 무게를 지고 인생이라는 산에 오르는 일, 그것이 인간의 숙명이라는 생각과 함께, 우리는 기약 없는 여행을 떠나기도 한다. 때로 우리는 오지 여행을 통해 푸른 바다와 하얀 백사장에 스며 있는 생로병사의 고통을 함께 나누기도 한다.

이제 우리는 여행을 통하여 고통의 바다만 바라보지 않고, 고개를 돌려 해안가를 바라보는 삶의 이치를 터득하게 되는 것이다. 고해무변 회두시안(苦海無邊 回頭是岸). 고해는 끝이 없으나 고개만 돌리면 바로 해안가이다.

동떨어짐과 멈춰 있음의 가치가 화두가 된 세상에서, 아주 아득하고 머나먼 삶의 길에서, 돌아서는 그곳, 그 반환점에서 여행길은 계속될 것이고, 길이 끝나는 곳에서 비로소 여행은 시작되는 것이다.

그대라서 좋다. 토닥토닥 함께

좋은 인연으로 만나, 저녁 어스름 내리는 서쪽으로, 우리가 하나의 어둠이 되어 또는 물 위에 뜬 별이 되어 꽃초롱 앞세우고 가는 그날까지, 서로에게 쪽배가 되어주고, 등대가 되어주며 동행하고 싶다. 따뜻한 차 한 잔 나누면서.

그대라서 좋다, 토닥토닥 함께.

2021년 1월
글쓴이들

차례

그대라서 좋다, 토닥토닥 함께

Chang Hyun Sook

장현숙

별을 찾아 떠나가신 그분, 황순원 선생님

꿈에

코히마르 어촌마을에서 『노인과 바다』를 만나다

장현숙

포항에서 태어나 경주에서 성장하다 서울로 이주하였다. 내 문학적 토양은 경주
에서의 추억에서 비롯된 듯. 이화여고 시절에는 음악 듣기와 그림 전시회를 즐겼
다. 경희대학교 국어국문학과에서 황순원 선생님을 만났다. 현재 가천대학교 한
국어문학과 교수. 여전히 유유자적 여행하기를 좋아하고 발밤발밤 걸어 자유를
지향하고 있다. 탈일상을 꿈꾸면서. 저서로『황순원문학연구』『한국 현대소설의
정점』, 편저로『황순원 다시 읽기』『한국 소설의 얼굴』(18권), 공저로『여자들의 여
행 수다』 등이 있다.

별을 찾아 떠나가신 그분,
황순원 선생님

　　어둡고 차가운 밤하늘을 화안히 밝혀주는 북극성. 북극성처럼 나에게 삶의 지표가 되어주셨던 황순원 선생님. 그분과의 인연은 어쩌면 필연적인 숙명이었는지도 모른다.

　중학교 시절의 어느 늦은 저녁, 아버지께서는 술 한잔을 걸치시고 창우사에서 발간한 『황순원전집』6권을 사 들고 오셨다. 전집을 선물 받은 것은 처음이라 나는 그 책들을 순식간에 읽었던 것 같다. 아마도 아버지께서는 한국문학에 빠져 소설을 마구잡이로 읽어대는 나에게 작은 선물을 하고 싶으셨던 것일까, 아니면 아버지가 가지신 문학적 감성을 딸과 함께 공유하고 싶으셨던 걸까. 어쨌거나 나는 그때 처음으로 황순원이란 작가를 내 마음속으로 깊이 받아들이게 되었을 것이다. 문학에 대한 탐닉은 고등학교에 들어가면서 더욱 심해져서 수업 시간에도 선생님 몰래 책상 밑에서『바람과 함께 사라지다』『전쟁과 평화』『죄와 벌』『개선문』등 세계문학을 섭렵했다. 또 그 당시에는 여고생들에게 이상의 시처럼 글자를 모두 붙여서 친구들에게 편지 쓰는 것도 유행하고 있었으며, 세계문학을 읽는 것도 유행이었다. 그래서 친구들끼리 개선문을 읽고 라비크, 칼바도스를 외치며 잔을 부딪치는 흉내를 내곤 했었다. 아마도 나의 문학적 기반은 중고등학생 때 읽은 문학 서적의 덕택이리라 본다.

이렇게 중학생 때 소설을 통해서 만났던 황순원 선생님과의 인연은 경희대학교 입학시험장에서 다시 연결되고 있었다. 당시 경희대학교 입시는 2차에 있었다. 1차에서 낙방의 고배를 마신 나에게 재수는 엄두가 나지 않았다. 암기를 싫어했던 나는 고등학교 내내 달달 외우는 입시 공부를 왜 해야 하는지 매우 회의적이었다. 결국 재수를 포기하고 황순원 선생님과 조병화 선생님이 계시는 경희대 국문과에 지원하게 되었다.

입학시험을 보느라 나는 고개를 숙이고 있었다. 그때 검정 외투를 입은 감독관이 내 턱을 치켜올렸다. 나는 너무 놀라 당황했고 곧이어 분노가 치밀어 올랐다. 뭐야, 고개를 들라고 하면 될 일이지 남의 턱은 왜 치켜올리는 거야! 나는 그때부터 화가 나서 시험을 제대로 치르지 못하고 말았다. 당시 내가 다니던 이화여고는 머리를 땋고 있었기 때문에, 긴 머리를 묶은 나의 얼굴과 단발머리 수험표 사진이 달라 감독관이 무심코 확인차 그리했으리라 이해는 가지만, 당시에는 너무 불쾌하여 참을 수가 없었던 것이다.

분노와 불쾌감을 억누르고 면접에 들어갔을 때 거기에서 나는 다시 검정 외투의 감독관을 다시 만났다. 감독관은 나에게 꼭 합격하면 좋겠다고 다정하게 미소를 지으셨다. 지금 돌이켜보면 어쩌면 황순원 선생님의 따님이 다닌 이화여고를 내가 졸업했기 때문에 더 합격을 기원하셨는지도 모르겠다. 그때 나는 그 감독관이 황순원 선생님이라고는 꿈에도 생각하지 못했다. 이렇게 나와 그분과의 첫 대면은 이루어졌고 이 일은 내 인생에서 중요한 한 획을 긋게 했던 계기가 되었다.

국문과에 진학하고 나서 나는 드디어 그때 시험장에서의 일을 말씀드리고 마음의 응어리를 풀어야겠다고 마음먹었다. 그리고 서정범 교수님의 연구실로 찾아갔다. 서정범 교수님께서는 나의 얘기를 다 들으시더니, "나는 시험 문제 내느라 입시감독관에 들어가지 않았는데?" 하고 눈을 동그랗게 뜨셨다. 아뿔싸, 내가 체구가 자그마한 두 분을 착각했구나. 그 일 이후로 나는 감독관이 황순원 선생님이라는 사실을 인지하게 되었다. 황순원 선생님 강의를 듣고 선생님이 나를 제자로서 예뻐해주셨을 때, 나는 차마 입시장에서의 일을 말씀드리지 못했다. 내가 존경하는 선생님께서 자책하실까, 오히려 상처를 받으실까 걱정이 되었기 때문이다.

이 일에 대한 고백은 내가 대학원 석사 과정에 들어가서야 선생님께 말씀드릴 수 있었다. 선생님께서는 "내가? 나는 입시 때 그런 일이 없도록 무척 신경 쓴다고 했는데……"라고 하시면서 미안하고 겸연쩍은 웃음을 줄곧 짓고 계셨다. 그리고 내가 자존심이 강하다고 말씀하셨다. 그리고 이 일은 황순원 선생님의 소설 『신들의 주사위』에서 진희의 에피소드로 고스란히 형상화되었다. 이렇게 유쾌하지 않았던 선생님과의 첫 대면에 얽힌 일화는 존경하는 선생님 작품 속으로 육화되는 운명적 아이러니를 맞게 되었다. 나 역시 오랜 기간 동안 선생으로서 학생들에게 상처 주지 않으려고 노력하지만 본의 아니게 그들에게 상처를 주었을 것이다. 그래서 지금도 나는 학생들의 발음을 교정시켜주고 글쓰기에 대해 지적하면서도 학생들에게 상처 받지 말라고 신신당부를 한다. 학생들의 발전을 위해서라고. 그럼에도 나도 때로는 말실수를 했을 것이고 화도 내었을 것이다. 나도 인간이므로. 이렇게 나는 스스로에게, 또 제자들에게 용서를 구하는 것이다.

40여 년의 세월을 거슬러 선생님과 나누었던 시간들. 그 시간들은 변함없이 나에게 따뜻한 온기로 다가온다. 어린 시절 추운 날 김이 모락모락 나는 호빵을 먹을 때의 그 달콤함이랄까. 선생님께서는 언제나 나를 지그시 바라보시다가 "소설 안 써?"라고 물으시곤 하셨다. 나 역시 미소 짓다가 "용기가 없어서요"라고 같은 말만 되풀이하곤 했다. 그리고 마음속으로는 "복잡하고 힘들게 살고 싶지 않아요"라고 은밀히 독백했다.

중고등학교 시절, 안개 속을 헤집으면서 존재에 대한 두려움, 미래에 대한 불안감, 성격 연구 등으로 내면 속에서 치열하게 충돌하는 갈등들을 글로 표현한다는 것이 두렵기도 하고 부끄럽기도 했다. 그리고 무엇보다도 복잡한 나의 내면이 싫었다. 나는 삶을 단순하고 편안하게 살고 싶었다. 작가가 되려면 언제나 소외된 자들과 아픔을 같이해야 하고 삶을 예리하게 바라보아야 하고, 사회에 대해 비판적인 시각을 드러내야 한다. 그러니 어찌 내가 작가가 될 수 있었겠는가. 그럼에도 불구하고 좋은 작품을 읽을 때면, 이런 글을 단 한 편만이라도 내 생애에 쓸 수 있으면 좋겠다는 열망을 가슴속에 숨겨두곤 했다.

대학 2학년 때였던가. 조병화 선생님 시화전이 종로에서 열리고 있었다. 시화전 구경을 하고 돌아오다 황순원 선생님은 종로에 있는 어느 선술집으로 들어가셨다. 빈대떡과 막걸리를 시키신 후 막걸리를 한 사발 천천히 드셨다. 그러고는 느닷없이 선생님께서는 "부부관계란 더러운 게야" 하고 독백처럼 말씀하셨다. 스무 살밖에 안 된 어리다면 어린 나이임에도 불구하고 왜 그리 그 말씀이 실감 나게 다가오던지…… 지금 생각해보아도 그런 나 자신이 이해가 되지 않는다.

그후 20여 년 세월이 흐른 1990년대 후반, 선생님께서 주로 댁에서 칩거하던 시절이었다. "선생님, 짧은 단상이라도 쓰시면 좋을 텐데요……" 하고 내가 조심스레 말씀드리면, "완성도가 떨어지는 작품을 쓸 바엔 안 쓰는 게 나아" 하고 선생님께서는 단호히 말씀하셨다. 그 시절 선생님께서는 신앙심이 무척 깊어지셔서 아침저녁으로 기도도 열심히 하셨고, 두 손을 모으고 어눌한 발음으로 나의 가족을 위해 식사

기도도 간절히 해주시곤 하셨다. 그즈음 나는『황순원 문학연구』를 출간하고 있었고, 어느덧 선생님의 연구자로 돌아가서 질문하고 있었다. "선생님께서는 아직도『움직이는 성』에서 말씀하셨듯이, 불완전한 신이 인간의 고통을 보며 절대 선으로 나아간다고 생각하세요?" 하고 질문드렸다. 그러자 선생님께서는 "신은 완전한 선"이라고 수정해서 말씀하셨다. 이어서 나는 "선생님, 아주 오래전에 저에게 부부관계란 더러운 게야, 하셨던 말씀 기억나세요?" 하였더니, "내가? 모르겠는데……" 하고 쑥스럽게 웃으셨다. 나는 "그럼 지금은 부부관계란 어떤 관계라고 생각하세요?" 하고 다시 질문 드렸다. 잠시 선생님은 생각하시더니, "부부관계란 신비한 관계야" 하고 진지하게 말씀하셨다.

아! 그렇다. 때로는 더럽고 치사하고 밉고, 서로를 보기 싫어하는 부부들도 나이가 점차 들면서 연민의 감정을 가지게 된다. 그래서 많은 부부들이 세월을 함께하면서 서로를 가여워한다. 선생님의 부부관계도 갈등의 관계를 지나 드디어는 신비한 관계가 되어버렸나 보다. 첫 만남과 마지막 만남 사이에서, 서걱이는 모래벌판에서 별을 찾아 나아가듯, 그렇게 영혼과의 교유를 통해서, 선생님도, 나도 각자의 상처를 치유하고 있었던 세월이 아니었을까. 그렇게 세월은 용서와 치유의 시간을 가져다주고 그 속에서 너 나 할 것 없이 우리들은 성숙했을 것이며, 타인과의 관계 속에서 진정한 자신의 모습을 깨달을 수 있었을 것이다.

대학원 1학기 때였던가. 문학과지성사에서 발간된 세로판 전집을 다시 가로판으로 편집할 때, 나와 상기숙 선생(현 한서대 중문과 명예교수)은 자주 선생님 댁으로 가서 교정을 봐드렸다. 저녁때가 되자 사모님께서 서둘러 귀가하시는 소리가 들렸다. 내가 "선생님, 사모님께서 선생님을 많이 사랑하시는가 봐요"라고 하자, 선생님께서는 씨익 웃으시기만 하셨다. "교회 다녀오시나 봐요" 다시 내가 말하자 또 씨익 웃으시더니 "남편만 믿어서는 안 되겠다고 생각했나 보지" 하고 턱을 쓰윽 쓰다듬으셨다. 그래서 상기숙 선생과 나 그리고 선생님 모두 미소 지을 수 있었다. 그 말의 속뜻을 황순원 문학의 연구자로서 그즈음 문득 깨달은 바 있었던 것이다.

선생님께서는 내게 늘 자상하셨다. 선생님 댁에서 교정 작업을 하던 때, 약속 시간에서 5분이라도 늦을라치면 현관에서 "5분 늦었어" 하시며 짐짓 화난 척하시며 문을 열어주셨던 선생님. 우리가 돌아갈 때는 매번 차편이며 길을 꼼꼼히 살펴주시던 자상함을 보여주셨다. 선생님보다 먼저 이승을 떠난 원응서 선생님을 위하여, '마지막 잔'을 바치는 따뜻함과 진정성을 가지신 선생님.

그러나 때로는 단호하고 엄격함을 가지신 선생님이셨다. 1994년 내가 「황순원 소설연구」로 박사학위를 취득해 제일 먼저 박사논문을 가지고 선생님 댁에 갔던 날. 단편 「소나기」를 다룬 주석에서 오류가 발견되었다. 기존의 어느 논문에서 쓰였던 대로 단편 「소나기」의 초고는 당시 숭실중학교 2년 선배인 김현승 시인의 추천으로 발표되었다고 주석에서 잘못 붙였던 것이다. 선생님께서는 "내가 왜 김현승 시인의 추천을 받아" 하시며 크게 노하셨다. 옆에 계셨던 사모님께서도 어쩔 줄 몰라 하셨다.

당황한 나는 그 달음으로 문방구로 뛰어가서 주석 한 줄을 하얗게 지우고서야 박사논문을 드릴 수 있었다. 선생님께 처음으로 꾸지람을 듣는 순간이었다. 수년간 고생해서 박사논문을 완성한 최고의 기쁜 순간에 선생님으로부터 칭찬을 기대했었는데, 눈앞이 깜깜해지고 있었다. 지금도 나는 그때 생각을 하면 가슴이 서늘해진다.

그후 시와시학사에서 『황순원 문학연구』를 간행하여 선생님께 드리자, "수고 많았어" 하고 흡족한 미소를 지으시며 고개를 크게 한번 끄덕이시며 꼭 한마디로 격려해주셨다. 그리고 책을 선생님 서가에 꽂으셨다. 지금은 '소나기마을' 황순원문학관 내에 선생님 서가가 그대로 옮겨져 시와시학사에서 출간한 『황순원 문학연구』 초판본이 꽂혀 있다. 나는 선생님의 이러한 단호함과 엄격함이야말로 일제 치하의 긴 세월속에서 훼절하지 않고 자신을 지킬 수 있었던 원동력이 되었으리라 확신한다.

1990년대 선생님께서는 주로 댁에서 가벼운 산보를 하시면서 지내셨다. 왜냐하면 절친했던 친구들 원응서, 이원수, 김이석, 선우휘 선생님들이 일찍 돌아가셨기 때문이었다. 그래서 어느 날 나는 상기숙 선생과 함께 선생님을 모시고 광릉수목원으로 나들이를 갔다. 선생님과 사모님과 함께 찍은 많지 않은 사진 중의 하나가 나중에 푸른사상사에서 재출간한 『황순원 문학연구』 속에 들어가 있다. 선생님께서는 편지도 사진도 남기고 싶어 하지 않으셨다. 그래서 선생님께 편지를 드려도 답장 받을 생각은 하지 말라고 하셨다. 사후에 작가일기가 일반 독자에게 공개될 것이라 생각해 일기와 편지, 엽서를 거의 쓰지 않으신다던 선생님. "나중에 공개될 것을 염두

　　　　　　　　　그대라서 좋다, 토닥토닥 함께

에 둔 일기가 진실할 수 있겠어?" 하시며 피식 웃으시던 선생님. 이렇게 선생님의 준엄함과 결곡함이 있었기에 오늘날 황순원 문학이 한국 문학사에서 의연히 서 있다고 나는 믿는다.

1984년, 고희를 맞이하신 황순원 선생님께 서정주 시인은, "학 두루미나 두어 마리/가끔 내려와 쉬는/산골 길의 낙락장송 같은 그대"라고 칭송하셨다. 36년 동안의 일제 치하에서도 "다 스러져 가는 질화로의 재를 몇 번이고 돋우어 올리며" 조상의 얼과 숨결을 찾으며 희망의 끈을 놓지 않으셨던 그분. 제5공화국의 엄혹한 시대에서도 창비가 폐간되자, 이에 누구보다도 먼저 항의한 분. 그의 올곧음은 가히 우리 민족에게 귀감이 되고도 남을 것이다. 정치적 불안감과 폭력성이 지배하던 1980년대, 최루탄 냄새를 맡고 쓰러지셔서 경희의료원에 입원하시고, 소주를 매일 드셔서 위에 구멍이 뚫리자 비로소 마주앙으로 소주를 대신하셨던 선생님. 유신시대의 살벌함 속에서도, 6·25전쟁의 광폭함 속에서도, 일제 치하의 절망 속에서도, 명멸하는 불씨를 내면 속에서 일구며 생명의 소리에 경건하게 고개 숙이셨던 그분. 그렇게 선생님은 눈 속에 파묻혀 뿌리를 내리고 새순을 틔우는 쑥부쟁이처럼 험열한 삶의 역경을 딛고 올곧게 자신을 지켜내셨던 것이다.

모래와 별 사이, 현실과 이상 사이에서 끊임없이 갈등하면서도 궁극적으로는 별을 향해 나아가셨던 분. 문학의 틀 속에 자신을 가두지 않고 끊임없이 자유를 향해 실험하셨던 분. 선생님의 삶은 이렇게 당신의 작품 속에서 구체화되었던 것이다.

말년에 선생님께서는 자식에게 폐 끼치지 않고 고통 없이 잠자듯이 돌아가게 해달라고 간절히 하나님께 기도하셨던 그대로, 2000년 9월 14일, 밤하늘의 빛나는 별을 찾아 영면하셨다. 생각해보면 선생님은 다복하셨다. 모성성과 생활력이 강했던 사모님, 그분의 사랑과 보살핌이 없었다면 선생님의 삶은 어떠했을까. 선생님을 위해 항상 깨끗한 정수기 물과 우유를 시간에 맞춰 드리고 백내장에 걸리지 않게 하루 몇 차례 안약을 넣어주셨던 사모님의 사랑이야말로 황순원 선생님이 청정한 소나무로 서 있게 한 원동력이 아니었을까.

선생님께서 돌아가시고 내가 푸른사상사에서 재출간한 『황순원 문학연구』를 가져다드리자 "선생님 사진과 책 표지를 한꺼번에 볼 수 있어서 너무 좋다"고 하시며 선생님 사진을 쓰다듬으시던 사모님. 사모님은 선생님이 돌아가시고 어느 해 선생님 추모식에 참석하셨다. '소나기마을'에서 추모식을 마치고 파하려 할 때, 사모님께서는 "나 한마디 말해도 될까요?" 하셨다. 모두들 놀라서 "그럼요" 하자, 사모님께서는 당신의 사랑과 영광을 작가에게 돌렸다.

"저는 황순원의 아내가 된 것을 무한한 영광이라고 생각합니다. 우리는 고등학교 문예부 대표로 만나 연애를 했지요. 그런데 결혼하려고 하자 친정에서 반대를 했어요. 첫째는 몸이 약하다는 점이고, 둘째는 창씨개명하지 않았기 때문이지요. 선생님은 상사병이 나서 앓아눕게 되셨고 보다 못해 친정에서 허가를 했습니다. 엄혹한 일제 치하에서도 선생님은 순 우리말로 몰래 소설을 쓰셨습니다. 저는 그분을 존경합니다. 이제 여러분들의 도움으로 소나기마을이 만들어졌고 황순원문학관이 개관되어 말할 수 없이 기쁩니다."라고 말씀하셨다. 우리는 모두 선생님을 그리워하며 큰 박수를 사모님께 드렸다. 아마도 선생님께서는 하늘나라에서 우리를 지켜보시며 빙그레 웃으셨으리라.

황순원 선생님의 아드님이신 황동규 시인이 사모님께서 황순원문학관 개관식에 가시려고 하자, "연로하신데 뭐 하러 가시려고 하느냐"고 했다고 한다. 그러자 사모님은 "내가 황순원 아내인데 내가 안 가면 누가 가겠느냐"고 대로하시고 참석하셨다고 전해진다. 모성성이 강해 장한 어머니로 상을 받으셨다는 사모님. 상기숙 선생과 교정 보러 갈 때면 사모님께서는 차가운 고기육수에 원조 평양냉면을 말아주시곤 하셨다. 녹두빈대떡과 함께. 그 평양냉면의 맛깔스러움은 결코 잊을 수 없다. 이제 사모님께서도 2014년, 사랑하는 선생님 곁으로 돌아가셨다. 향년 99세였다.

누구보다도 생명의 존엄성과 자유정신과 실험정신이 강했던 선생님. 전쟁의 갈등과 상처에서 벗어나고 싶어 쓰셨다는 단편 「소나기」는 이제 '소나기마을'로 새롭게 태어나게 되었다.

이제 새봄이 되면 '소나기마을' 여기저기에서도 꽃이 피리라. 진달래도 피고 개나리, 벚꽃, 목련도 피리라. 그러면 선생님이 꽃과 독백하면서 삶에 순응하고, 죽음에 순응하고, 자연에 순응하고, 신의 뜻에 순응하였듯이, 나도 삶과 죽음과 자연에 순응하고 신에게 나아가리라.

말하지 않겠네
꽃이 나를 위해
이러큼 아름답게 핀다고.

그대라서 좋다. 토닥토닥 함께

생각지 않겠네
꽃이 나를 위해
이러큼 향기를 풍긴다고.

저 고통으로 응축된
빛깔,
그때마다 신음하는
내음.

어찌 저를 버리려 하시나이까
해를 우러러 그렇게 서 있을 뿐
꽃은 오직.

— 황순원, 「꽃」

꿈에

하늘이 푸르른 가을이 오면 둥실둥실 보름달이 밝다. 한가위 밑이라 작은 선물과 술 한 병을 사들고 선생님 댁으로 향했다. 선생님 댁으로 가는 길은 멀고도 가까웠다. 천안에 있는 시마을 같기도 하고 선생님 고향인 병천인 것 같기도 했다. 선생님 댁에는 가까이 지내는 후배도 있었고 오래된 제자도 있었다. 해 저무는 가을 산자락이 붉게 물들자 이내 어둑어둑해지며 아련한 슬픔을 머금고 있었다. 개와 늑대의 시간. 선생님께서 식사하자며 나오셨는데 웬일인지 제자들이 뿔뿔이 흩어져 사라지고 나만 남아 무춤거리며 서 있었다. 다들 어디로 가버린 걸까. 선생님께서도 당황한 기색이 역력하셨다. 그리고 슬픈 낯빛을 하시고는 나에게

그대라서 좋다, 토닥토닥 함께

손을 내미셨다. 선생님께서는 나를 위로하는 따뜻한 말씀을 건네시며 이별을 슬퍼하셨다. 그리고는 길이 보이지 않을 때까지 나를 배웅해주셨다.

선생님께서는 내가 선생님을 찾아뵙고 연구실을 나갈 때면 언제나 문밖까지 나오셔서 고개를 깊이 숙이시며 인사하시고 배웅해주신다. 아랫사람에게 보내는 인사가 멋져 보였다. 그래서 나도 가능하면 제자들이 연구실에서 나갈 때면 문밖까지 나가서 배웅해주곤 한다. 이퇴계 선생님께서 상하 신분의 구별 없이 모든 손님을 공경했듯이.

집으로 가는 길은 환상 방황처럼 도무지 분간이 되지 않았다. 어둠은 점차 짙어오고 마음은 불안해져갔다. 택시 환승장을 겨우 찾아갔다. 짙은 블루로 단장한 택시 하나가 내 앞에 서 있었다. 그런데 택시기사가 남루한 옷을 입은 어린아이에게 빵 사 먹으라고 돈을 주고 있었다. 아마도 고아인 듯 보여서 애처로웠나 보다. 아이는 신나하며 함빡 웃음을 웃었다. 그때 동전 하나가 데굴데굴 굴러 나에게로 왔다. 주워보니 아주 오래된 엽전이었다. 조선시대에서나 볼 수 있었던 구리로 만들어진 엽전. 그런데 눈썹이 짙은 그를 어디선가 본 듯도 하였다. 지난번에도 같은 장소에서 그는 빵을 봉지 한가득 사서 아이들에게 나누어주고 있었다. 그의 이마와 얼굴은 선한 웃음으로 빛나고 있었다. 그도 나를 알아보았는지 나에게 어서 타라고 하며 들떠했다. 그는 친구에게 전화해서 일전에 만났던 그녀를 만났다고 어찌하면 좋을까를 묻는다. 그의 친구는 얼른 택시 안에 걸려 있는 옛 애인 사진을 치우라고 조언한다. 그는 옛 애인의 사진을 힐끗 보고 급히 사진을 치운다. 그는 나에게 아무런 질문도 하지 않았다. 나 역시 그와 아무런 대화를 하지 않았다. 목적지인 성남시에 도착했다. 내가 내리려고 하는 사이에 남녀 손님이 타려고 한다. 나는 그에게 아무 말도 못 하고 내릴 준비를 하였다. 저 손님들과 동승해야 하나? 아니면 일단 내려서 책 읽고 있을 테니 손님들을 데려다주고 오라고 해야 하나? 순간 망설였다. 적어도 그는 나누어줄 줄 아는 사람이기 때문에 그의 인격에 대한 신뢰가 생겼다. 그래서 그를 만나도 좋다고 생각했다.

그때 다리에 쥐가 났다. 눈을 뜨니 새벽이었다. 꿈결에서도 복식호흡을 길게 서너 번 했더니 다리의 통증이 가라앉는다. 이렇게 나는 꿈에서 현실로 돌아왔다.

오늘은 하루 종일 힘들었다. 이틀 후에 한가위가 다가온다. 한가위에 아들 내외와 함께 먹을 스테이크를 사기 위해 가락

그대라서 좋다. 토닥토닥 함께

시장으로 향했다. 나는 명절 때면 가장 간단하게 먹을 수 있는 안심스테이크를 준비한다.

왜 굳이 송편과 전과 동그랑땡 같은 음식을 모든 집에서 똑같이 먹어야 하나. 차례를 지내기 위해서라면 어쩔 수 없이 간소하게 마련해야 하겠지만, 차례를 지내지 않는 경우에는 굳이 획일적으로 똑같은 종류의 음식을 먹어야 할까. 아니 솔직히 말하면 나는 차례상을 차리기 위해 명절 이틀 전부터 시댁에 가서 하루 종일 음식 만들고 설거지하는 등의 일에 질려버렸는지도 모른다. 그래서 나는 며느리에게 명절 당일에 와서 준비해둔 스테이크 구워 먹고 설거지도 하지 말라고 한다. 며느리가 가고 난 후 내가 세척기에 간단히 돌리면 되니까. 그 시간에 차라리 서로 이런저런 근황에 대해 얘기하는 게 더 즐겁다.

동생이 명절 때 남 먹는 거 같이 해 먹지, 언제 전이나 동그랑땡 해 먹겠느냐고 나무란다. 우리 명절이고 전통이니까 할 수 있으면 해도 좋겠는데 너무 시간과 정성이 많이 든다. 그리고 왜 그날 꼭 해 먹어야 되나? 왜 며느리는 일만 해야 하나? 그런 생각이 들어 싫다.

어쨌거나 나는 겉으로 보기와는 달리 획일적인 것을 싫어

한다. 주차도 여유 공간이 있을 때는 지정선과 상관없이 넉넉하게 주차시킨다. 여유 공간이 있는데도 지정된 좁은 공간에 주차되어 있는 차들을 보면 숨이 막힌다. 답답하다. 맹꽁이처럼 융통성 없이도 세웠군, 하고 빈정거린다.

이런 성격 탓일까. 옷도 조금은 틀에서 벗어난 모양을 좋아한다. 똑바로 재단된 스커트, 딱 떨어지는 상의 같은 것을 싫어한다. 외모적으로는 이런 얌전한 옷들이 어울리는데도 싫어한다. 사선으로 재단된 스커트, 아래쪽 뒤에 구멍이 나 있는 바지, 밑단이 지그재그로 재단된 상의를 좋아한다. 반면 동생은 나에게 본인한테 어울리는 옷을 입어야지? 하고 핀잔을 준다. 바지 뒤쪽에 난 구멍을 꽉 메워주고 싶단다. 그럼 나는 동생에게 유럽에 가니까 지그재그로 재단된 스커트 많이 입고 다니더라, 얼마나 발상이 자유로우냐? 그림 그린다는 애가…… 쯧쯧, 하고 응수한다.

파리의 지하철을 타보면 대부분 회색 의자가 많은데 가끔가다가 보라색 의자가 있다든지 노란색 의자가 있다든지 그런 식으로 변화를 준다. 한국 지하철의 손잡이는 모두 노랑이든지 주황이든지 획일적이다. 그림과 클래식을 좋아하는 등 동생과는 공통점도 많이 있지만, 완전히 다른 성격도 가지고

그대라서 좋다. 토닥토닥 함께

있다. 그래서 제부는 어머님 배는 요술쟁이라고 허허거린다.

어쨌거나 나는 내면적으로 제도권 안에 갇혀 있거나 구속되어 있는 것을 싫어하나 보다. 그러나 어찌 인간이 제도권 밖에서 살아갈 수 있을까. 학교, 결혼, 자식 등도 따지고 보면 나에게 주어진 제도권의 결과물이 아니던가. 그래서 나는 항상 일상을 벗어나 호시탐탐 탈주를 시도하는 것이 아닐까. 나는 오늘도 탈일상과 여행을 꿈꾼다. 제주도 한 달 살이, 피정, 템플 스테이 등등.

버스를 타고 가락시장으로 가서 안심스테이크 고기와 장조림거리, 산적거리를 샀다. 참소라와 가리비도 조금 샀다. 9시 30분에 출발해서 10시 30분에 집에 도착, 청소 30분, 닭죽을 데워 먹고 손보미 작가의 온라인 특강을 들었다. 그녀 역시 학생들에게 좋은 글을 쓰기 위해서는 세계문학 등 고전을 많이 읽어야 한다고 주문했다. "밤이 지나면", 우리는 어디를 향해 나아가야 할 것인가.

저녁 먹거리로 참소라 두 마리와 가리비를 데쳤다. 아들이 좋아할 텐데. 엄마도 걸린다. 아들에게 참소라 먹으러 오라고 하면 귀찮다고 안 오려고 할 것이다. 저녁을 먹는데 남편이 선물로 받은 이강주를 한 잔 권한다. 남편이 우리 아들은 며느리 없이 오면 큰일 나는 줄 알아, 나는 혼자 엄마네 잘 갔는데, 라며 섭섭해한다. 좋지 뭐. 잉꼬부부니까. 둘만 사이좋게 잘 살면 되지. 나는 이렇게 스스로 위로한다. 남편은 예년과 다르게 가을에 대한 느낌이 있다고 말한다. 나는 가을이 오면 쓸쓸해진다고 심상하게 말한다.

새벽에 꾼 꿈을 남편에게 말하면 싫어할까? 개꿈을 뭘 얘기하느냐고. 어제는 돌아가신 친정아버지 꿈을 얘기해주었는데, 오늘 또 꿈 얘기를 하면? 더구나 다른 남자 얘기를 한다고 싫어할까? 괜히 긁어 부스럼 만들지 말고 밀린 수필에서나 풀어내자. 야호, 현실에는 없는 그대라서 좋다.

가을 하늘이 투명하도록 시리다. 가을이 오면 모두들 저마다의 옷깃을 세우고 어디론가 홀연히 떠나가곤 한다. 삼청동 은행나무길이나 창덕궁으로 나들이 가고 싶다. "가을이 오면 눈부신 아침 햇살에 비친 그대의 미소가 아름다워요." 이문세의 〈가을이 오면〉을 흥얼거리며 꿈속의 그대를 소환한다. 꿈속의 그대와는 이별하지 않아도 되니까, 마음대로 사랑해도 되니까 신난다. 현실에 없는 그대라서 더 그립다. 꿈에, "밤이 지나면", 환한 햇살 속에서 그대의 웃음소리만이 남아 있을까. 흩어가는 세월만이 남아 있을까.

코히마르 어촌마을에서
『노인과 바다』를 만나다

평생 바다 위에서 살아온 산티아고의 눈은 어느덧 바다를 닮고 있었다. 헤밍웨이의『노인과 바다』에서 산티아고의 두 눈은 "바다와 같은 빛이었고, 명랑한 듯했으며 패배를 거부하는 눈빛"이라고 묘사되어 있다. "명랑한 듯했으며 패배를 거부하는 눈빛"이란 어떤 눈빛일까. 그런 눈빛을 닮은 바다는 어떤 색을 품고 있을까. 헤밍웨이가 사랑한 코히마르 어촌은 어떤 곳일까. 헤밍웨이는 왜 그토록 쿠바를 사랑했을까. 헤밍웨이는 카리브해를 보며 무슨 생각들을 했을까. 이 질문에 대한 답을 찾기 위해 나는 2014년 쿠바로 가는 긴 여정에 올랐다.

서울에서 쿠바로 가는 길은 멀고 또 멀었다. 크루즈를 타기 위해 디트로이트에서 환승하여 포트로더데일로 가야하는데, 비행기가 연착한 데다가 검색대에서 온갖 해프닝이 벌어졌던 것이다. 또 여행사가 환승 시간을 짧게 잡아 결국 나는 난생처음 비행기를 놓쳤다. 우여곡절 끝에 크루즈를 타고 마이애미와 키웨스트와 멕시코의 코즈멜섬을 거쳐 쿠바 아바나에 도착할 수 있었다. 왜냐하면 쿠바와 미국이 2015년 국교 정상화가 되어 지금은 쿠바에 바로 갈 수 있게 되었지만, 내가 여행 갔던 2014년에는 쿠바와 미국의 국교가 단절되어 아바나가 지척인데도 바로 갈 수가 없었기 때문이었다.

드디어 쿠바의 호세 마르티 국제공항에 도착했다. 쿠바의 영웅이며 시인인 호세 마르티의 이름을 가져와 국가를 대표하는 공항에 별을 달았다. 쿠바인들의 영혼 속에 각인된 이름. 호세 마르티. 그는 쿠바를 상징하는 별로서 존재한다. 이 별은 평등과 사랑과 신념과 자유와 혁명의 별이었으나 고뇌의 별이기도 하였다. 그래서 호세 마르티는 "모든 사람이 자신의 사유에 서명하는 것은 반드시 필요합니다. 그 사유와 서명이 곧 사상이며 그 자신입니다. 익명은 하나의 생각에 불과합니다."라고 하였다. 그는 이상을 실천할 힘이 없으면 그것은 무용한 사상일 뿐임을 자신과 쿠바인에게 끊임없이 일깨

웠다. 스페인으로부터 조국의 독립을 위해 투쟁하다가 스페인 군대의 기습으로 전사한 위대한 시인이며 혁명가였던 호세 마르티. 그의 별을 따라 피델 카스트로와 체 게바라가 미국의 지원을 받는 바티스타 정권을 무너뜨리고 혁명을 완수함으로써 호세 마르티의 꿈을 완수했다.

공항 곳곳에 보이는 호세 마르티의 초상과 피델이 달아주었다는 체 게바라의 베레모에 달린 별을 보며 나는 가슴이 울컥해지곤 한다. 그들은 누구를 위하여 자신을 희생한 것일까. 조국의 독립과 평등과 자유, 그리고 모든 인류를 위하여 그들은 자신을 기꺼이 희생했다. "우리 모두의 조국인 인류"라는 호세 마르티의 표현은 얼마나 숭고하고 평등하면서도 따뜻한 인간애일까. 그래서 쿠바인들은 직업의 높낮이가 없고 인종 차별도 없고 누구나 함께 공유하면서 쾌활하게 살아가는 것이리라.

호세 마르티의 별을 쫓아 쿠바는 백성을 대학까지 무상으로 교육시키고, 병원도 무상으로 이용하게 하고, 기본적인 식재료를 무상으로 공급한다니, 작지만 얼마나 대단한 나라인가. 그래서 가난하지만 비굴하지 않고 평등하게 나누며 연대하고 공유하는 삶을 그들은 살고 있는 것이다. 직업을 서

아바나 대성당과 광장

그대라서 좋다, 토닥토닥 함께

열화하고 빈부의 격차가 극대화되고 경쟁이 치열한 한국 사회는 앞으로 어떤 방향으로 나아가야 할까. 국민을 자신들의 이익에 따라 억압하고 휘둘러대는 정치인들에게 진정한 진보가 무엇인지 생각해보라고 소리치고 싶다. 우리도 인천국제공항의 이름을 세종대왕 국제공항으로 바꾸어야 하지 않을까. 백성을 진정으로 사랑하고 실천한 성군을 기리기 위하여. 그리고 정치인들은 세종대왕의 별을 쫓아가야 하지 않을까.

공항을 나서자 우리를 태운 버스는 말레콘 해안선을 따라 움직이기 시작했다. 8킬로미터로 뻗어 있는 시멘트 방파제 너머 대서양의 짙푸른 바다가 넘실대고 있었다. 거리의 악사들과 사랑하는 연인들. 무심히 마냥 바다를 바라보고 있는 젊은이들의 실루엣이 매력적으로 다가왔다. 때마침 바다는 노을로 붉게 물들고 있었다. 언제나 노을은 우리를 현실에서 환상 속으로 또는 그리움 속으로 불러들인다. 환상이나 그리움이 없다면 삶은 얼마나 삭막할까. 바다 위로 떨어지는 해를 보며 내 묘비명을 생각해본다. 죽음이 있으므로 삶은 살아야 할 가치가 있다. 나는 한 마리 작은 제비갈매기가 되어 비상을 꿈꾼다. 작은 제비갈매기는 먹이를 얻지 못하더라도 자유를 향하여 있는 힘껏 날갯짓을 할 것이다.

드디어 나는 혁명광장에 도착하였다. 혁명광장은 호세 마르티의 탄생 100주년을 기념해 조성한 광장으로 축구장의 네 배에 달한다고 한다. 그곳에는 호세 마르티 기념탑과 호세 마르티의 사색적인 조형물이 세워져 있었다. 맞은편에는 체 게바라와 카밀로 시엔푸에고스의 얼굴이 선형 조형물로 조성되어 있다. 텅 빈 공터에 가득한 외침들, "Hasta la Victoria Siempre! 언제나 승리의 그날까지", "Vas Bien Fidel, 피델 잘하고 있어"라는 문구들이 광장의 양쪽에 세워져 있다.

타자의 삶을 나의 삶으로 치환해서 열정적으로 살아갔던 아름다운 얼굴들을 보며 공존과 연대를 생각한다. 어쩌면 쿠바인들은 이들 영웅들의 모습 속에서 타인을 가르치기보다는 자신을 다스리는 법을 배우면서 공존하는 법을 터득해간 것이 아닐까.

문득 대학 때 잠시 친구 따라 들어갔던 동아리 친구들이 생각난다. 박정희 군부독재 시절 데모하다가 모두 제적당한 그들의 삶을 생각하면 숙연해진다. 그들은 누구를 위하여 자신들의 삶을 희생한 것일까. 당시 그들의 대부로 칭해지던 운동권 인사는 지금 정치권에서 막강한 권력을 휘두르고 있다. 그

그대라서 좋다, 토닥토닥 함께

아바나의 명물 올드카(위), 코코택시(아래)

헌책 수레가 있는 거리

친구들은 그를 보며 잘 하고 있다고 박수를 보내고 있을까.
아니면 부패한 진보라고 질타하면서 자유를 위해 저항했던
자신의 삶을 비관하고 있을까.

『리슨 투 양키』『페다고지』 등의 금서들을 읽으며 격렬하게
토론하고 흥분하던 순수한 눈망울들을 나는 아직도 잊지 못
한다. 왜냐하면 우리는 모두 자유를 위해 힘껏 투쟁했던 그들
에게 어떤 방식으로든 마음의 빛을 졌기 때문일 것이다. 조국

그대라서 좋다, 토닥토닥 함께

의 독립을 위해 자신을 희생했던 선조들, 군부독재에 대항해 싸웠던 청년들, 민중들, 만약 그들의 고귀한 희생이 없었다면, 우리는 아직도 억압받는 삶에서 헤어나오지 못하고 더욱 고통스런 삶을 살아야 했을 것이다.

혁명광장에서 벗어나니 빨강, 파랑, 노랑, 초록의 올드카들이 거리를 신나게 질주하고 있다. 어떻게 저런 차들이 달릴 수 있는 걸까. 가이드에게 물으니 이 차들은 50년대에 생산된 미국 자동차들로 쿠바 혁명 이후 미국과 국교가 단절되면서 미국인들이 놓고 간 차들이라고 한다. 미국의 쿠바에 대한 경제 봉쇄 정책 때문에 새 차들을 들여올 수 없었던 쿠바인들은 낡은 올드카들과 어떻게든 교감하면서 고치고 고쳐 부속품을 재활용하여 지금의 골동품 차로 탄생시켰다고 한다. 따라서 쿠바의 자동차 정비공들은 최고의 자동차 기술을 가지고 있다고 한다. 덕분에 이들 골동품 차들은 관광산업에 큰 몫을 차지한다고 한다. 모양도 다양한 이들 올드카의 운전기사들을 보면 그들은 하나같이 유쾌한 웃음을 띠고 있다.

도시의 건물들은 색이 바래 낡고 허름한데, 거리 곳곳에는 명랑한 웃음소리가 가득했으며 아프로쿠바노의 노랫소리가 먼지 속을 가로지르고 있었다. 노랗고 빨간 드레스를 입고 커다란 꽃바구니를 옆에 낀 채 큰 엉덩이와 풍만한 가슴을 흔들며 사진 모델을 하는 여인들은 관광객들과 허그를 하며 깔깔거린다. 골목골목은 살사춤을 배우는 아이들과 매혹적으로 엉덩이를 흔들며 살사춤을 추는 젊은 남녀들로 북적이고 있었다.

다음날 나는 『노인과 바다』의 배경이 된 코히마르(Cojimar) 해변마을에 당도했다. 그곳에는 대서양의 짙푸른 코발트빛 바다를 끼고 낮은 벽이 둘러져 있었으며 위쪽으로는 요새와 등대 역할을 했다는 모로성이 자리하고 있었다. 바닷가에는 잎들이 무성한 한 그루 큰 나무가 서 있었고, 노란색, 초록색, 주황색 벽으로 연이어진 허름한 집들이 안온하고 조용하게 나를 맞이하고 있었다.

헤밍웨이가 1928년부터 1959년까지 쿠바에서 머물며 이곳에서 낚시를 즐겼다는 어촌마을. 왠지 우리나라의 60~70년대를 연상시키는 정겨운 어촌마을 풍경이랄까. 그 길을 따라 올라가니 도리아 양식의 원형으로 만들어진 흰 돌기둥들에 둘러싸인 채 헤밍웨이의 기념비와 흉상이 외롭게 푸른 하늘 속에 잠긴 채 바다를 향해 있었다.

작은 계단 앞에는 밀짚모자를 쓴 채 알록달록한 머플러를

그대라서 좋다. 토닥토닥 함께

『노인과 바다』의 배경이 된 코히마르 어촌마을.
가운데 헤밍웨이의 기념비와 흉상, 오른쪽 모로성.

장현숙 _ 코히마르 어촌마을에서 『노인과 바다』를 만나다

하고 기타 치는 쿠바 아저씨가 있었다. 그의 앞에는 낡은 동전통이 놓여 있었다. 그리고 분홍 샌들, 하늘색 반바지, 흰 티 위에 빨간 스웨터를 입고 수줍은 듯 나를 따라오는 소녀 하나. 펌킨 머리에 까무잡잡한 피부, 쌍꺼풀 진 동그란 눈을 가진 소녀. 내가 헤밍웨이의 흉상을 배경으로 소녀에게 사진 한 장 찍자고 했더니 손을 내민다. 당황한 나는 얼른 손에 집히는 대로 원 달러 지폐를 손에 쥐여주고 기념사진을 한 장 박았다. 여기에도 자본주의의 물결이 어느새 밀려왔나 보다. 지금 생각하니 텐 달러쯤 주고 올걸…… 후회가 된다. 바닷가에 서 있는 무너진 성곽과 푸른 바다 위에 뉘어져 있는 하늘색 긴 방죽. 그 위에서 두 청년이 짙푸른 바다를 하염없이 바라보고 있었다. 그들은 무엇을 꿈꾸고 있는 것일까. 파도는 그들의 꿈을 실어 현실세계로 가져다줄까. 파도가 일으키는 파문은 쿠바를 그들이 원하는 이상세계로 데려다줄까. 문득 궁금해진다.

나는 다시 헤밍웨이의 흉상 앞으로 돌아가 헤밍웨이의 얼굴을 다시 세세히 들여다보았다. 이 흉상은 헤밍웨이가 미국에서 권총으로 자살한 후 쿠바인들이 그를 기념하여 만들었다고 한다. 『노인과 바다』의 영화 속에는 헤밍웨이의 흉상은

그대라서 좋다, 토닥토닥 함께

없는데, 헤밍웨이는 이승을 떠나서야 비로소 그가 사랑했던 코히마르로 돌아와 검고 짙푸른 바다를 보고 있는 것이다. 영화 속의 장소들을 따라 걸으며 나는 산티아고가 되어보기도 하고 소년 마놀린이 되어 울기도 한다. 산티아고의 실제 모델인 그레고리오 푸엔테스도 영화 속의 한 장면으로 남아 있을 뿐, 이제 그도 이승을 떠나 사랑하는 헤밍웨이와 모히토를 즐기고 있을 것이다.

헤밍웨이는 1939년 11월 폴린 파이퍼와 별거하고 쿠바 아바나 교외에 저택을 구입한다. '전망 좋은 농장'이라는 뜻의 '핑카 비히아'로 명명하고 이주하여 1940년 마사 겔혼과 세 번째로 결혼한다. 1940년 10월『누구를 위하여 종은 울리나』를 출간하기도 하고, 1943년 신문 및 잡지 특파원으로 유럽 전쟁 취재를 시작한다.

헤밍웨이는 죽음을 의식하면서 사는 삶을 좋아했다고 한다. 그는 "인간이 갖는 소중한 가치는 기꺼이 위험을 감수하는 것이다"라고 말하며 직접 체험하지 못하는 삶은 진정한 삶이 아니며, 특히 작가는 사회현실 속에 뿌리를 내려야 한다고 생각했다. 헤밍웨이가 투우를 좋아했던 이유도 삶과 죽음을 동시에 체험할 수 있었기 때문이라고 한다. 그는 그리스 터키 전쟁에도 참여하였으며 파시즘에 저항하여 스페인 내전에도 참여하였다.

유럽 전쟁 취재를 위해 특파원으로 가서 『타임』지 특파원 메리 웰시를 만나 1946년 네 번째로 결혼한 뒤 아바나로 돌아와 수렵과 낚시를 즐겼다고 한다. 그러나 마사 겔혼과의 불행한 결혼생활의 후유증은 건강 악화를 가져왔고, 각종 질병에 시달리면서 치열한 작가정신으로 이를 극복하고자 쓴 작품이 『노인과 바다』라고 한다.

이 작품에서 산티아고는 거대한 청새치(말린)를 잡지만 상어 떼의 습격을 받아 살은 다 뜯기고 뼈만 앙상히 남긴 채 집으로 돌아오게 된다. 그럼에도 불구하고 "파괴당할 수는 있을지언정 패배를 모르는" 산티아고는 사자의 꿈을 꾸며 잠이 든다.

이 작품에서 헤밍웨이는 인간과 자연, 노인과 소년, 노인과 바다, 노인과 야구선수, 사자, 바다의 생물들과의 교감과 조화를 드러내고 있다. 특히 소년과의 관계를 통하여 작가는 인간이 지닐 수 있는 우애 정신의 극한점을 그리고 있다. 소년은 산티아고를 절대적으로 믿어주는 인물로서 산티아고에게 음식을 가져다주고 위로와 용기를 준다. 그래서 산티아고는 상어 때와의 외로운 사투에서도 끊임없이 소년을 그리워한다.

노인은 저녁에 바닷가로 몰려 내려와 평화롭게 놀고 있는 어린 사자들을 그리워하기도 하고 꿈꾼다. 이는 '힘과 순결과 평화'를 갈망하는 노인의 내면세계를 보여준다. 그리고 바다, 별, 해, 달을 인간과 대등하게 보고 그의 형제라고 간주한다. 심지어 자신이 죽여야 할 대어에 대해서도 자기와 동등자 또는 형제로서의 존경과 사랑을 느낀다.

노인의 손바닥에 남은 상처 자리는 그의 고투를 상징적으로 보여주는 표상이지만, 사자의 꿈을 꾸며 고이 잠드는 마지막 대목에서는 그가 이 고통을 이겨낸 승리자임을 보여준다. 또한 이 작품에는 인간의 육체는 모두 파멸되어 죽어간다는 사실과 생물은 자기가 살기 위해서는 다른 생물을 죽일 수밖에 없다는 사실을 긍정하는 헤밍웨이 세계관이 드러나고 있으며, 그러나 인간은 패배할 수 없다는 강인한 긍정 정신이 내재해 있다.

그럼에도 불구하고 『노인과 바다』(1952)에서 헤밍웨이가 보여주었던 이러한 불패정신은 헤밍웨이가 자살이라는 극단적 선택으로 생을 마감함으로써 안타까움과 함께 아이러니를 유발시킨다. 1954년 두 번의 비행기 사고와 들불로 중상을 입은 헤밍웨이는 점차 정신이 피폐해져 우울증에 시달렸으며 폭음을 일삼았다. 1959년 쿠바 혁명 이후 더 이상 쿠바에 머무를 수 없게 된 헤밍웨이는 미국으로 돌아와 아이다호 케첨에 정착하였으나 과대망상과 글을 쓰지 못한다는 자책감과 우울증은 더욱 심각해졌다고 한다. 1961년 7월 21일 새벽, 헤밍웨이는 장총을 입에 물고 발사함으로써 최후를 마감한다.

헤밍웨이는 왜 자살할 수밖에 없었을까? 쿠바 국민을 착취하는 바티스타 정권을 상대로 저항했던 헤밍웨이는 과다한 세금 징수로 고통 받았으며 쿠바 혁명 이후 미국으로 추방되고 미국 FBI 감시하에 지냈다고 전해진다. 쿠바인을 무척 좋아했던 헤밍웨이에게 쿠바인도 그를 애칭 'PaPa'로 불러주었으나 1961년 'Bay of Pigs' 침공이 실패하면서 다시는 쿠바로 돌아갈 수 없게 된다.

헤밍웨이는 죽을 때까지 쿠바를 몹시 그리워했다고 한다. "홀로 된 남자는 기회가 없다"고 외치며 진실한 사랑을 찾아 생을 마감한 것일까? 그리도 못 잊어하던 첫째 부인 해들리에게로 돌아간 것일까? 아니면 진정한 어머니의 사랑을 갈망하며 죽음을 선택한 것일까?

헤밍웨이의 어머니는 헤밍웨이가 어렸을 때 여장을 시켰으

그대라서 좋다, 토닥토닥 함께

며 신경질적이어서 헤밍웨이와 불화가 잦았다고 전해진다. 나중에는 남편이 자살한 권총을 헤밍웨이에게 주기까지 했다고 한다. 아버지의 죽음의 원인을 어머니 탓이라고 생각했던 헤밍웨이는 어머니를 미워했다고 전해진다. 어머니의 사랑을 제대로 받지 못한 그에게 어쩌면 진실한 사랑은 최고의 덕목이 아니었을까? 그 사랑을 찾아 헤밍웨이는 그리도 떠돌아다녔을까. 짙푸른 망망대해를 바라보며 나는 위대한 작가의 마지막 하늘을 바라본다.

헤밍웨이는 왜 쿠바를 그토록 사랑했을까? 어쩌면『노인과 바다』에서 산티아고가 보여주었던 연대의식과 공존, 희망과 도전과 자유에 대한 갈망이 쿠바인의 마음과 닿아 있었던 것이 아닐까. 호세 마르티와 체 게바라가 쿠바인에게 심어준 신념과 희망과 생명에 대한 긍정 정신과 도전 정신이 헤밍웨이에게 닿아 있었던 것은 아닐까.

그래서 산티아고는 "행운의 날은 바로 오늘이고, 매일매일이 새로운 날의 시작이고, 행운은 그냥 앉아서 기다리는 것이 아닌 언제 찾아올지 모를 행운을 위해 만반의 준비를 해두어야 한다"고 다짐하는 것이다. 그리고 정말 행운은 찾아왔고 배보다 커다란 말린을 잡게 된다. 그러나 상어 떼의 습격으로 산티아고는 말린의 뼈만 가지고 돌아오게 된다. 그러나 산티아고는 절망하지 않는다. "아무것도 아니다. 그저 멀리 바다에 나갔을 뿐이다"라고 스스로 위로한다.

헤밍웨이는 인간을 자연의 일부로 보았으며 인간은 사자처럼 용기와 존엄성을 가지고 있어야 하며 연대의식과 공동체의식을 가져야 한다고 강조하였다. 그래서 어쩌면 작중인물 산티아고의 이름 역시 성경의 인물 '야고보'도 상징하지만, 자유와 혁명정신을 상징하는 지명 '산티아고 데 쿠바'에서 가져온 것은 아닐까. 인간의 극복 의지를 대표하는 인물 산티아고는 바로 헤밍웨이 자신의 극복 정신과 일맥상통하는 것이리라.

"어두운 밤이 지나면 언제나 밝은 태양이 떠오른다", "인생은 절망의 연속이다. 하지만 인생은 아름답다", "사람은 신념과 함께 젊어지고 절망과 함께 늙어간다"고 말했던 헤밍웨이.

날마다 연필 열 자루를 썼다던 헤밍웨이의 바다는 여전히 짙푸른 채로 코히마르를 품고 있다. 세월이 흘러도 해와 달과 별과 고기들을 품고 있다. 그리고 아직도 산티아고는 그들과 대화하며 오늘도 사자꿈을 꾼다.

산티아고의 후예인 청년들도 헤밍웨이의 바다를 보며 사자

그대라서 좋다. 토닥토닥 함께

꿈을 꾸며 행복했으면 좋겠다. 산티아고의 눈빛을 닮은 헤밍
웨이의 바다를 위하여, 건배. 산티아고의 눈동자에 건배.

Jung Seoung A

정 승 아

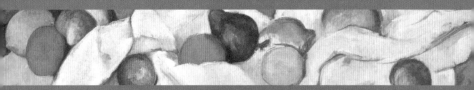

엄마의 자리

엄마의 기도

자유로웠던 시간, 1년간의 보스턴

정승아

총천연색 물고기 태몽을 안고 서울에서 태어났다. 어려서부터 수줍음이 많았던 탓에 혼자 할 수 있는 책 읽기를 사랑했다. 가천대학교에서 국어국문학을 전공하고 같은 대학원에서 박사 과정을 수료하였다. 지금은 두 딸아이의 엄마로 박사 과정 논문 쓰기를 마음으로 하고 있다.

엄마의 자리

"B형 간염 주사를 바로 맞혀주세요." 첫아이가 세상에 머리를 내미는 순간 내가 내뱉은 첫마디였다. 그리고 2년 뒤 2020년 2월 5일 오전 9시 28분. "B형 간염 주사 맞아야 해요. 잊지 말고 부탁드려요." 내가 두 번째 아이를 낳자마자 역시 내뱉은 첫마디였다.

보통 다른 엄마들은 출산할 때 아이 이름을 부르거나 소리 내어 울거나 남편을 찾는다고 한다. 하지만 나의 온 신경은 아이들이 태어나자마자 바로 맞아야 하는 'B형 간염 예방주사(B형 간염 면역 글로불린, HBIG)'에 가 있었다. 왜냐하면 내가 비활동성이지만 B형 간염 보균자였기 때문이었다. 출산 시 아이에게 수직 감염될 수 있기에 아이들에게 주사를 맞추는 일은 내게 정말 중요한 일이었다.

31개월과 9개월 아이를 둔 나에게 있어서 부모의 역할은 아이의 운명을 결정할 만큼 중요한 사람으로 인식된다. 부모가 결정을 잘 하든 못 하든 결과는 고스란히 아이가 견뎌야 하기 때문이다. 하지만 아이들을 위해 올바른 결정을 내려주려고 아무리 애를 써도 결정은 늘 어렵고 벅차다.

나처럼 두 아이의 엄마인 나의 엄마에게도 결정은 늘 어려웠을 것이고 아직도 어려울 것이다. 나는 병원의 착오로 B형 간염 예방주사를 맞지 못했다. 출산 전에 엄마가 병원에 이야기해두셨다는데도 병원에서는 주사 놓기를 잊었고 나는 수직감염이 되었다. 다행히도 살면서 크게 어려움은 없었지만 해마다 간 초음파를 찍어야 하고 작은 감기에 걸려 약을 지을 때도 간에 무리가 가지 않는 약을 지어달라고 말해야 한다.

내가 한창 기어 다닐 때에 팔에 화상을 입어 입원한 적이 있었다. 사실 나는 너무 어릴 때 일이라 잘 기억도 나지 않는다. 하지만 엄마의 기억 속에서 그 사건은 너무나 아프게 살아 있다고 한다. 아직도 나와 손녀가 아파서 대학병원에 가야 하는 일이 생기면 겁부터 난다고 말씀하신다.

큰아이가 어린이집에 적응하던 때가 있었다. 며칠은 어린이집에서 같이 있었고 그다음은 같이 있다가 중간에 내가 나갔다 왔다. 그리고 문 앞에서 아이와 헤어지고 두 시간 뒤, 낮잠 자고 난 뒤, 이렇게 점점 아이와 떨어지는 시간을 늘려갔다. 아이와 떨어지고 근처 카페에서 아이를 기다리는 30분이 세 시간처럼 느껴졌다. 인사를 하고 돌아서는 아이가 서운하기도 하고 대견하기도 했다. 아이는 성장하면서 그렇게 나로부터 조금씩 떨어져 나갈 것이다. 늘 마음의 준비를 했다고 생각했는데 역시 준비가 되지 않은 건 아이가 아니라 나였다. 이런 이상한 기분을 엄마에게 이야기했더니, 아무렇지도 않은 듯이 이야기하셨다. "이제 시작이야. 그런 순간은 계속 올 거야."

두 아이들이 깊은 잠에 든 뒤에 나는 밤새 아이들을 지켜본 적이 있었다. 어떤 방향으로 팔을 뻗는지, 몸을 어떤 모양으로 뒤척이는지, 잠꼬대를 하는지 안 하는지 밤새 옆에 누워 지켜보았다. 문득 내가 아이들이 자는 이 모습을 몇 번이나 더 볼 수 있을까 하는 생각이 들었다. 아이들은 곧 방을 분리하게 될 것이고 나보다 친구들을 더 좋아할 것이다. 그리고 북적대던 거실은 조용해지고 아이들의 방문이 닫히는 때가 올 것이다. 예전에 내가 나의 부모에게 했던 것처럼, 방에 들어올 때는 노크를 꼭 해달라고 부탁할 것이다. 부모의 영향에서 벗어나서 스스로 결정하고 스스로 책임지는 때가 오는 게 너무도 당연한 일이고, 아이는 그렇게 성장해야 한다. 하지만 정말 그런 순간이 찾아오면 마음이 너무 시릴 것 같다.

열 달을 품고 있었던 아이들이지만 말만 '나의 아이들'이지, 나는 두 딸이 어떤 성격으로 자랄지, 어떤 생각을 하고 있는지, 전혀 알지 못한다. 아이들도 나도 매일매일이 서로 알아가는 순간들이다. 나는 나의 엄마에게 늘 궁금했다. '엄마인데 왜 나를 모르지?', '엄마인데 나랑 어쩜 저렇게 다르지?' 그런데 내가 엄마가 된 지금에야 비로소 그 질문의 답을 찾은 것 같다. '엄마니까', 모르는 게 당연한 거였다. 엄마와 나는 다른 사람이니까.

나는 두 딸을 키우면서 어떠한 선택의 기로에 설 때마다 엄마를 떠올린다. '엄마라면 어떻게 하셨을까?', '어떤 선택을 했을까?'를 자꾸만 생각하게 되고 묻게 된다. 아이들이 아파서 병원에 가게 되고, 새로운 환경으로 아이들을 내보내야 하는 순간들을 경험하고 나서야 비로소 '아, 그래서 엄마가 예전에 나에게 그렇게 했던 거였구나'라는 깨달음을 얻게 되었다. 하지만 나는 아직도 엄마의 속을 다 알지 못한다. 내 엄마가 지금은 또 어떤 마음으로 나를 바라보시는지. 이렇게 엄마의 자리는 어렵다.

엄마의 기도

"집에서 엄마랑 놀고 싶어." 큰아이가 신발을 신으러 가면서 이렇게 이야기할 때가 있다. 종종이렇게 같은 말을 하면서 아이는 어린이집으로 가는데, 나는 이상하게도 이 말을 들을 때마다 가슴이 시려온다. 아이가 막상 어린이집에 가면 누구보다도 잘 뛰어논다는 것을 나는 알고 있다. 종일 집에 있으면 오히려 졸졸 따라다니면서 "엄마, 재미있는 거 하자. 재미있는 거 없어?"라고 물을 거라는 것도 알고 있다. 하지만 '집에 있고 싶어'라고 말하는 아이가 등원하는 날에는 집에 있고 싶다는 아이를 나 편하자고 억지로 어린이집에 보내는 건 아닌지, 아이가 돌아올 때까지 나는 생각하게 된다.

나는 큰아이를 임신하고 좋다는 육아 서적을 거의 다 읽었다. 꼼꼼히 읽지 않은 탓인지 몰라도 하루도 궁금한 게 생기지 않는 날이 없었다. 나는 아이가 태어나고 초반에는 잠을 거의 못 잤다. 물론 그 당시에는 모유 수유를 했고 아기의 수면 패턴이 잡히지 않을 시기였기 때문에, 두 시간에 한 번씩 수유를 하고 기저귀를 갈아야 했다. 하지만 나는 생후 백일이 지나고 아이가 7~8개월이 되어도 잠을 제대로 못 잤다. 본격적으로 아이에게 맞는 문화센터 수업을 검색했고, 아이가 개월 수에 맞는 발달을 하고 있는지, 내가 무엇을 아이에게 해줘야 하는지, '아기 행동 발달표'를 살펴보느라 밤을 지새웠다.

나는 밤마다 아이와 관련된 정보들을 극성스러울 정도로 검색했다. 아이에게 실수하고 싶지 않았다. 아이 아빠는 육아에 관심을 두지 못할 정도로 생업에 바빴고 아이는 몸이 불편했다. 아이가 태어나고 산후조리원에서 나오던 생후 17일 쯤에 병원에서 '사경 소견서'를 받았다. '사경(斜頸)'은 머리가 한쪽으로 기우는 질환으로 목과 가슴 부위를 연결하는 근육인 흉쇄유돌근의 섬유화로 인해 발생한다고 한다. 아이가 태어났을 때부터 오른쪽 목에 작고 단단한 멍울이 만져졌다. 섬유화된 멍울을 그대로 방치하면 아이가 성장하면서 근육을 잡아 자라는 것을 방해한다고 한다. 그렇게 되면 머리가 오른쪽으로 기우는 현상이 생기게 된다고 의사는 말했다.

생후 한 달이 되던 때에 집 근처 대학병원에서 '우측사경' 진단을 받았고 소아 사경으로 유명하다는 대학병원 진료를 받기 위해서 한 달 이상을 기다려야 했다. 그리고 섬유화된 오른쪽 근육이 부드러워질 수 있도록, 더 단단해지지 않도록 일주일에 한 번씩 운동치료와 전기치료를 받으라는 진단을 받았다. 담당 의사는 아이 상태가 심하지 않지만 정상으로 돌아오기까지 얼마나 걸릴지 알 수 없다고 했다. 그리고 정상 범위 안에 들어오더라도 성장하면서 어떤 변화가 일어날지 장담할 수 없단다. 지금도 의사의 차분하지만 단호했던 표정만은 또렷이 기억이 난다. 사경의 원인은 여러 가지가 있는데 정확히 밝힐 수 없다는 게 의사의 소견이었다. 의사는 아기가 태어날 때 난산으로 인한 외상일 수도 있고 태중에서 머리의 위치 때문에 근육에 상처가 났을 수도 있다고 했다. 그러면서 어머니의 잘못은 아니라고 했지만 나는 나의 잘못으로 아이가 이렇게 된 것만 같아 자책감이 든다.

아이 앞에서 나는 한 번도 울지 않았다. 아이는 엄마의 표정을 보고 자란다는 이야기를 어느 책에서 보았기 때문이다. 잠든 아이 옆에서 품고 있던 열 달을 하루하루 되짚어보았다. 무엇 때문이었을까, 어디서 잘못된 걸까. 수도 없이 반복해서 생각했다. 내가 했던 행동, 먹은 음식들, 심지어는 했던 말들, 품었던 마음들까지 다시 되짚었다. 꼭 내 잘못만 같아 아이에게 미안해 견딜 수 없었다.

본격적으로 치료가 시작되었다. 운전을 못하는 나는 친정어머니와 함께 아이를 안고 1년 가까이 운동치료를 받으러 다녔다. 간절히 기도하면서. 그 노력의 결과로 근육의 강도가 정상 범위 안에 들어왔다는 소견을 받을 수 있었다. 목과 어깨를 붙잡고 하는 운동이어서 그런지 몰라도 지금도 아이는 머리를 묶으려고 하거나 머리를 쓰다듬는 행동을 아직도 싫어한다.

아이를 키우는 일은 이제 시작이다. 나는 육아 교육을 어디서 배운 적도 없다. 그래서 아이 둘을 키우는 일은 여전히 힘들고 어렵다. 밤새 아이가 무엇 때문에 아프게 되었을까 되짚는 일은 나에게도, 아이에게도 아무런 도움이 되지 못한다는 사실을 나중에야 비로소 깨닫게 되었다. 앞으로도 아이들을 키우면서 그렇게 되짚을 만한 사건은 비일비재하게 일어날지도 모른다. 아이는 내 바람과 다르게 자랄 수 있다는 것을 잊지 말아야 한다. 중요한 건 엄마인 내가 최선을 다해 노력하고 있다는 점이다. 그리고 아이에 대한 나의 사랑이 나의 길잡이가 되어줄 거라 믿는다.

아이의 치료는 아직도 끝나지 않았다. 근육이 잘 자라는지만 3세까지 관찰해야 한다고 한다. 아이는 이제 30개월이 되었고 2020년 11월 5일, 다행히 검진 결과는 좋았다. 내년에 한 번만 더 보고 이제 그만 와도 된다고 의사 선생님은 말씀하셨다. 이제 나 스스로 자책하지 말고 희망과 용기로 아이를 돌보아야겠다고 다짐했다. 그리고 아이들이 잘 자랄 수 있도록 주님께 기도 드린다.

그대라서 좋다, 토닥토닥 함께

자유로웠던 시간, 1년간의 보스턴

2007년, 나에게 1년이라는 시간이 주어졌다. 어머니께서 지나가는 말로 "어학연수를 갔다 오는 게 어때?"라는 말을 건넸다. 나는 그길로 유학원 상담을 받았다. 대부분의 것을 결정하고 부모님께 연수 자료를 보여드렸을 때 "너 정말 갈 거야?"라는 말을 몇 번이나 들었는지 모른다.

준비는 빠르게 진행되었고 2007년 4월 14일 오전 10시 미국 애틀랜타를 경유해서 보스턴으로 가는 비행기에 올랐다. 그때까지 나는 유치원 때 제주도 가는 비행기를 타본 게 전부였다. 외국에 가보는 것도 처음인데, 그것도 혼자 가야 한다니. 날짜가 다가올수록 두려웠다. 대한항공에서는 만 5세 이

상부터 만 16세 이하를 대상으로 '비동반 소아 서비스'를 제공한다. 목적지까지 가는 동안 기내에서 잘 지내는지 살펴봐주고 환승하게 되면 중간 터미널에서 환승하는 것도 동행해서 도와주는 서비스이다. 애틀랜타 공항에서의 환승은 복잡하고 내게 주어진 시간은 적었다. 초행길인 데다 급하게 움직여야 하는 두려움 때문에, 나는 '비동반 소아 서비스'까지 신청하였다. 기내에서 승무원이 정말 본인이 신청하신 게 맞느냐고 물어 약간 쑥스러웠지만 덕분에 수월하게 환승할 수 있었다.

보스턴의 4월은 아프리카 우기처럼 비가 쏟아진다. 누군가의 말처럼 'Mayflower'의 5월이 오기 위한 준비인 것처럼 어둡고 축축했다. 학교 기숙사에 도착하여 오리엔테이션을 끝내고 배정받은 방은 작은 침대와 책상, 옷장이 전부인 1인실이었다. 3인실 배정을 원했지만 빈방이 없어 일주일간 1인실을 써야 했다. 방문을 열고 나가는 순간 영어가 시작되었다. 부엌과 화장실 그리고 거실을 함께 사용하는 아파트 형식의 기숙사였기 때문이다. 비는 일주일 내내 계속되었고 나의 짧은 영어는 문장이 되어 나오지 못하고 입안에서 맴돌았다.

그대라서 좋다, 토닥토닥 함께

아무도 내가 어떤 사람인지 아는 이가 없었다. 겉으로 보이는 성별이나 국적 정도만 알 뿐 이름, 나이, 직업, 성격 등 나에 대한 어떠한 정보도 갖지 못한 사람들과의 간헐적인 만남이 지속되었다. 나는 짧은 영어로 스스로를 설명해낼 능력도 없었다. 설사 내가 설명한다고 해도 궁금해하는 사람도 없었다. 그렇게 아무도 나를 알지 못하고, 또 아무도 나에게 관심이 없다는 것이 나를 자유롭게 만들었다.

연수지를 보스턴으로 결정한 데에는 몇 가지 이유가 있었다. 우선 보스턴에는 유명 대학이 많아 미국 다른 지역보다 대중교통 시스템이 잘 되어 있고, 학생 또한 많은 도시이기 때문이다. 두 번째는 미국의 독립전쟁 같은 역사적인 사건들이 시작된 곳이어서 나의 호기심을 자극했다. 마지막으로 하버드대학에 한국학연구소가 있다고 들었기 때문이었다. 사실 한국학연구소 홈페이지에 있는 이메일 주소로 여러 번 방문 요청을 했지만 한 번도 방문하지 못한 일은 아직도 아쉽다. 이러한 이유들로 가게 된 보스턴은 내 인생의 큰 부분으로 자리 잡고 있다.

처음 갔던 대학은 시내와 떨어져 있는 곳이었다. 근처에 숲이 있었고 주택가의 상점들은 작고 아기자기했다. 그리고 얼

보스턴 공공도서관 앞 거리

마 안 되어 옮긴 보스턴대학은 중심가 쪽이어서 늘 사람이 많
고 활기가 있었다. 그 대학에는 다양한 나라 사람들과 함께하
는 프로그램들이 많았다. 학교를 옮기면서 거처도 옮겼는데
다행스럽게 보스턴 공공도서관 옆의 아파트였다. 방 한 칸을
빌려서 함께 지내는 집이었지만 도서관 옆에 있고 아파트 경
비가 안전해서 편하게 지낼 수 있었다.

　나는 골목길을 좋아한다. 처음 들어서는 골목에서 느끼는
설렘과 두려움까지. 때때로 학교 수업이 끝나면 해가 질 때
까지 걸었다. 일회용 필름 카메라를 들고 골목골목을 다시 못

그대라서 좋다. 토닥토닥 함께

보스턴 공공도서관 정원

올 사람처럼 걸어다녔다. 펜웨이 파크에서 야구경기를 실제
로 처음 보았고 숲속에서 열리는 탱글우드 뮤직 페스티벌도
다녀왔다. 저녁에는 종종 버클리 음대 학생들의 공연이 있었
다. 지인을 따라 몇 번 갔다가 재즈 피아노에 빠져서 한동안
버클리에서 재즈 피아노를 배우기도 했다.

물론 현지의 직접적인 생활을 통하여 영어 실력이 서서히
발전해가고 있었다. 매일 끼니 걱정을 해야 했고 빨래며 청
소, 관공서에 갈 일들이나 학교 시험, 서류 제출 등 해야 할
일들이 틈틈이 있었다. 함께 사는 가족에게 유치원생 남자아

하버드대학 전경

이가 있었는데 가끔 그 아이를 돌보는 일도 했다. 그리고 주일마다 나가는 한인교회에서 이민자 3~4세 자녀들을 위한 한글학교 일을 도왔다.

　나는 낯선 땅에 있는 동안 '내가 지금 하고 싶은 건 뭘까'에 초점을 맞추었다. 상대방을 배려하는 적당한 거리 안에서 누구의 눈치도 보지 않았다. '정승아는 이런 사람이니까 이렇게 행동할 거야', '이렇게 말할 거야'라는 시선에서 자유로울 수 있었다. 그리고 버릴 것은 버리고 좋은 것은 채우면서 새로운 나를 만들어나갔다. 오롯이 나에게 집중할 수 있는 시간들이

그대라서 좋다, 토닥토닥 함께

었다. 재미있는 사실은, 지난날 그렇게 애를 쓰며 좋은 관계를 유지하려고 보았던 타인들에 대한 눈치를 내려놓고, 진정한 나를 보여줬을 때 더 좋은 알곡 같은 인연을 만날 수 있었다는 점이었다. 보통의 여행은 건물이나 지명, 장소로 기억되는데 나에게 보스턴 시절은 사람으로 기억된다. 지금도 잊히지 않는 장소들 속에는 늘 사람과의 기억이 함께 있다. 어느 외진 길을 걸으며 받았던 전화 한 통, 갑작스럽게 연락이 닿은 사람과 만났던 공원, 누군가와 함께 먹었던 타이음식, 우연히 만난 중학교 동창과의 뉴욕 여행. 나는 사람을 놓았고, 또 사람을 얻었으며, 진정한 나를 찾았다. 그 시절의 나는 누구보다 자유로웠다. 5월의 만발한 꽃, 허리까지 내리던 겨울의 눈, 몇 시간을 걸어도 끝이 없이 나오는 새로운 골목, 언어로 인한 수많은 실수들까지도 나를 자유롭게 만들었다.

이제 2020년의 끝자락에 서 있는 내 세계의 중심은 내가 아니라 두 아이들이 되었다. 이제 내가 아니라 두 딸이 자유롭기를 바란다. 아이들이 사람들의 시선으로부터 매이지 않고 각자의 길을 걸어 나아갈 수 있다면, 그게 내가 자유로울 수 있는 또 다른 하나의 방법일 것이다. 아이들은 나의 분신과 같은 존재들이므로.

Jung Ji Won

정 지 원

찬바람 나면 꼭 머플러를 챙기세요, 따뜻하게

떠날 때 보이는 것들

아득하고 머나먼 길

정지원

서울 송파동에서 태어났다. 경원전문대 문예창작과에서 글쓰기를 배우다가 가천
대학교 국어국문학과로 편입하였다. 같은 대학원에서『오정희 초기소설에 나타난
환상성 연구』(2013)로 석사학위를 받았다. 2002년 월드컵 붉은 악마의 열기를 목
도하고 성장한 세대로 이후 혼란한 세상에 빛이 될 길이 인문학이라는 생각으로
꾸준하게 천착하였다. 지금은 교육과 여행을 하는 회사에서 기획을 담당하고 있
으며, 언제나 인간성 회복에 가장 큰 가치를 두고 일하고 있다.

찬바람 나면 꼭 머플러를 챙기세요,
따뜻하게

점점 맑은 날을 맞이하기 어려운 시절이다. 포근하고 아련하던 봄은 사라지고 쌀쌀하고 우수에 젖던 가을도 요원해졌다. 너무 더운 날이 이어지다가 엄청 추운 날이 엄습한다. 이러다 어느 날 SF영화에서 보던 디스토피아가 강림하는 게 아닌지 걱정스러울 정도다. 물 한 모금이 금보다 귀한 세상이 정말 오게 되면 인심은 또 얼마나 팍팍해질는지…… 쓸데없는 걱정도 곁들여본다.

먼 기억 속에 물결치는 2006년 어느 봄을 떠올린다. 문예창작과에 다니던 우리는 이제 겨우 스무 살, 스물한 살이 된 새내기들이었다. 전세버스 한 대를 빌려서 역사 탐방을 떠났다. 우리는 널을 뛰거나 연못에 뛰어다니는 개구리를 잡았다. 그

2020년 초, 눈 내린 칭다오 풍경

리고 다같이 장현숙 교수님을 옹위(?)하여 풀밭에 배를 깔고
누워서는 손바닥으로 V자를 만들어 얼굴을 감싸고 사진을
찍기도 했다. 한 번은 허브나라에 들렀다가 다음 일정을 진행
하러 버스에 탑승하였는데, 김삼주 교수님과 06학번 후배 두
명이 실종된 사건이 있었다. 전화 연결도 되지 않아 모두가
걱정하였는데 한참이 지나 김 교수님은 막걸리 몇 잔에 얼굴
이 벌게진 후배들과 함께 느릿느릿한 걸음으로 돌아오셨다.
따스한 볕이 마음속으로 스며드는 나날이었다.

　2020년 2월 초, 중국 산둥성 칭다오시에는 대설이 내렸다.

　　　　　　　　　그대라서 좋다, 토닥토닥 함께

100여 년 전 칭다오에 건설된 수많은 독일식 건물에 하얗게 눈이 덮인 사진을 친구가 보내주었다. 그 친구와는 2019년 연말부터 계속 연락을 하고 있었다. 교육여행을 진행하는 회사에서 고등학생 10여 명의 칭다오 해외연수를 기획하고 있었기 때문이다. 추운 날들이 계속되었는데, 아직 도착하지도 않은 나를 환영하는 친구의 사진은 어쩐지 포근해 보였다. 맛있는 식당이나 갈 만한 견학지를 소개받은 덕에 칭다오 해외연수는 만족스러운 성과를 내었다.

그런데 칭다오를 다녀오자마자 남방의 우한시에서 코로나바이러스가 발생했다는 뉴스가 보도되었다. 그때만 해도 코로나 19가 팬데믹 현상으로 확산될 거라고는 아무도 생각하지 않았다. 그런데 이게 웬일, 교육과 여행을 운영하던 회사는 3월부터 매출이 끊겼다. 힘든 시간들이 이어졌다. 외부 출입에 대한 경계가 강화되고 경제활동이 둔화되자 가정폭력 건수가 급증하였고 정신과를 찾는 사람들의 발길이 늘었다. 사회적 우울이었다.

2006년 나에게도 비슷한 우울이 있었다. 지극히 개인적인 감정이었지만 오래 기억에 남는 건 그만큼 강렬했기 때문일 것이다. 문예창작과의 짧은 학사일정이 바쁘게 지나가고 있었고 찬 바람에 낙엽이 쓸려가는 계절이 왔다. 나는 아직 이 세상이 어떻게 생긴 모양인지 알지도 못하는데…… 이 가을이 지나면 졸업을 맞이하는 나는 어떤 삶을 살아가야 하는지, 막막한 방황이 찾아왔다.

그러던 어느 날 장현숙 교수님이 나에게 작은 심부름을 하나 맡기셨다. 교내 우체국에 가서 우편물을 하나 부쳐달라는 것이었다. 말씀하신 우편물을 들고 나오려는데 교수님이 나를 다시 불러세우셨다. 목이 너무 썰렁한데 왜 그렇게 춥게 입고 다니냐고, 그러다가는 감기에 걸리지 않겠느냐고, 교수님은 옷걸이에 걸려 있는 머플러를 풀어 나의 목에 직접 매어주셨다. 나는 가슴이 찡- 하였다. 가슴이 찡- 해보지 않은 사람은 그것이 어떤 느낌인지 모를 것이다. 그때 나는 무엇을 하든지 열심히 하자고 마음 먹었다. 나도 머플러 같은 사람이 되고 싶었다. 머플러를 매어주는 손길이 되고 싶었다. 그해 나는 휴학을 하고 통합된 대학교 국어국문학과로 자동 편입을 하였다.

최근 코로나 19로 시간이 많아지자 나는 몇 달간 미뤄온 거사(?)를 진행하였다. 바로 사회복지사 자격증 취득 과정이었다. 일만 하고 지내다 보면 자기계발에 뒤처지게 될 거라는 불안함 때문에 일상생활에서 조금씩 조금씩 사이버로 강의를 듣고 있었다. 그렇게 2017년부터 업무에 관련된 자격증을 따기 시작한 것이 하나씩 늘어서 지금은 양이 꽤 많이 쌓였다. 6월이 되어 나는 동네의 지역아동복지센터에서 사회복지 현장실습을 시작하였다.

지역아동센터에는 여덟 살부터 다양한 연령대의 아동들이 다니고 있었다. 아이들은 놀랍도록 귀엽고 에너지가 넘쳤다. 지역아동센터에 다니는 아이들이 더럽거나 어두울 거라는 생각은 편견에 불과했다. 아이들은 그 누구보다도 자기표현에 열정적이었고 새롭게 알게 되는 사실에 호기심이 가득했다. 처음 보는 사람에게도 친절하고 호의적이었다. 나는 아이들이 수학 문제를 푸는 걸 도와주거나 같이 책을 읽기도 하고 어떤 때는 함께 공을 차고 놀았다. 일단 공놀이가 시작되면 그때부터는 어른과 아이의 경계선은 사라진다. 15일의 짧은 실습 기간에 아이들과의 정서적 유대감은 몰라보게 커졌다. 열심히 공부하고 신나게 놀다가 간식을 또 맛있게 먹는 아이들을 보면서 문득 생각했다. 맑은 날을 맞이하기 어려운 시절이라든가…… 팍팍한 인심이라든가…… 팬데믹, 사회적 우울…… 그런 건 어른들의 세계에

나 있는 얘기구나.

실습이 모두 끝나고 나는 일상으로 돌아왔다. 이제 아이들과 함께 시간을 보내지 않는다. 그런데 가끔 길을 가다 보면 "어? 정지원 선생님이다!" 예상치 못한 말이 들리고 아이들이 신나게 달려와 내 앞에서 자전거를 멈추고 해맑게 인사를 할 때가 있다. "안녕하세요!" 오손도손 알밤 같은 아이들을 만나면 절로 미소가 지어졌다. 실습 전에는 없었던 소소한 반가움이 생긴 것이다. 그럴 때면 나는 어김없이 내 마음속에 있는 머플러가 떠오른다. 15년 전, 장 교수님에게 받았던 머플러는 내가 아이들을 바라보는 시선 속에 있었다. 우리는 모두 머플러로 연결된 인연, 무덤덤하던 일상에 문득 가슴 찡-하게 느껴지는 가느다란 감동 한 줄기 있다면, 간혹 시련이 있다고 해도 이 세상은 참으로 살 만한 것이 아닐까.

떠날 때 보이는 것들

비가 참 길다. 장마라기보다는 차라리 우기에 가까운 날씨가 이어졌다. 코로나 19에 후덥지근하고 우중충한 날씨가 더해지니 천재지변이라는 표현이 무심코 떠오르고는 했다. 외출하려고 우산을 펴는데 우산 빗살 사이로 촘촘히 녹이 슬었다. 어—라? 우산을 몇 번 접었다 펴 보아도 마찬가지였다. 우산 밑으로 엄지발가락이 쑥 나온 장마 슬리퍼 한 켤레가 보였다. 그리고 보니 몇 년 전 대만에서 샀던, 오래간 잊고 살던 물건들이다. 급한 비를 만나 기차역 편의점에서 보이는 대로 집어 들었던 것들이 아직도 내 곁에 있을 줄 누가 상상이나 했을까.

제대로 된 우산을 다시 가져오기는 귀찮고 그냥 그 우산을 쓰고 가기로 했다. 워낙 작은 사이즈의 휴대용 우산이라서 비를 머금고 홀로 잊혀졌다가 할 수 없이 차츰차츰 제 몸이 삭아든 것이리라. 이번 외출에서 돌아오면 다 버려야겠다. 특별히 신경 쓸 만한 일은 아니라서 분명하지는 않지만 문득 그렇게 생각한 것도 같다.

그런데, 별 애착도 없었던 우산 한 개와 신발 한 켤레가 뭐라고 희한하게도 대만 여행의 기억이 소록소록 떠오르기 시작했다. 미야자키 하야오 애니메이션의 배경이 된 스펀·지우펀에서 소원을 적어 날리는 풍등은 몽환적이었고, 침식으로 인해 언제 관광이 중단될지 모르는 화롄 타이루거 협곡은 웅장하고도 아름다웠다……. 시간 속에 켜켜이 쌓인 먼지 더미에서 겨우 발견한 옛 사금파리처럼, 마치 아주 오래전에 본 영화 〈첨밀밀〉을 다시 보는 것처럼, 달콤하고 아련한 그리움이 잔잔한 물결처럼 일렁였다. 바깥은 끊임없이 쏟아지는 빗물에 바닥은 찰방거렸고 물안개로 시야가 흐렸다. 시간의 흐름을 느끼는 데에도 감각이 필요할까. 그렇다면 나에게 그 감각은 매우 무딘 것이 틀림없다. 어느새 몇 년의 시간이 훌쩍 지나고 새로웠던 풍경들도 금세 낡아져버렸다.

주말에는 새로 생긴 카페에서 새로 발견한 헤이즐넛 아메리카노의 풍미에 이끌려 커피를 마신다. 삶의 치열함에 견디지 못하고 도망치듯 이사 온 시 외곽에는 신도시가 건설 중이었다. 도시는 하루가 다르게 성장하여 공사 중인 거리에는 아직도 새 가게들이 이웃으로 들어서고 있었다. 유동 인구가 많아지고 북적거리기 시작하니 활기가 도는 거리에서, 헤이즐넛 아메리카노도 더는 새롭지 않아지는 때가 올 수 있을 것이다. 헤이즐넛을 마시며 시간의 무상함을 한탄했던 수많은 문학가들의 글귀들을 떠올린다.

직장이 집에서 멀지 않아 평소 출퇴근은 운동 삼아 걸어 다니곤 한다. 집에서 직장 앞까지 바로 이어지는 새로운 버스 노선이 생긴 뒤에도 걷는 것은 멈추지 않았다. 갈 때는 아파트 단지와 주택가가 이어지는 왼편 보도블록으로 가고, 올 때는 상업시설이 즐비한 반대편 보도블록을 이용했다. 하루는 늦은 퇴근을 하고 집에 가는데 오른편으로 펜스를 친 공터가 보였다. 사방이 공사 중인데 어지러운 개발 한가운데에서도 오롯이 남은 옛터였다. 가끔 누가 갖고 있는 금싸라기 땅일까, 혹은 또 누가 매입을 진행하고 있을까 오지랖 넓은 궁금증을 가져보기도 하였다. 그런데 그날은 아주 새로운 것이 보였다. 펜스 안으로 누군가 콩을 심어놓은 것이다. 땅 주인일까? 아니면 바로 옆에 새로 개업한 병원 건물의 경비 아저씨? 장사가 잘 안 되어서 심심해진 누군가일까? 누가 언제 심었는지는 몰라도 일렬로 예쁘게도 심어져 있는 콩줄기들은 제법 자라서 콩잎들도 당차게 이쪽저쪽 뻗어 있었다. 퇴근 길에는 항상 배가 고프다 보니 향긋한 콩잎장에 따뜻한 밥 한 숟갈 싸 먹고 싶은 생각이 들었다. 나도 모르게 흐뭇하게 미소가 지어졌다.

불교에서는 회의감에 빠질 때 세상을 바라보는 시선을 바꿔보라고 충고한다. 좋아하는 불경의 명구 중에 이와 같은 깨달음을 딱 여덟 글자로 표현한 것이 하나 있다. 그 여덟 글자는 바로 苦海無邊, 回頭是岸(고해무변, 회두시안)이다. 이 여덟 글자를 보고 있으면 어느 왕조 시대에 살던 한 고승이 내게 꼭 이렇게 말하고 있는 것만 같다. "고해(고통, 괴로움의 바다)는 끝이 없으나 고개만 돌리면 바로 해안가일세." 맞다. 고개만 돌리면 해안인 걸 왜 바다를 바라보며 힘들어 하나.

가까울 때는 모르다가 떠나게 되면 보이는 것들이 있다. 이를테면 우산이나 슬리퍼나 헤이즐넛 아메리카노 같은 것들 말이다. 그래도 누군가는 부지런하게 길가에 콩을 심는다. 이

그대라서 좋다. 토닥토닥 함께

렇게 폭우가 쏟아지는데 콩들은 안녕할까. 이 비도 언젠가는 그칠 것이다. 콩들의 삶도 언젠가는 끝나겠지만…… 그래도, 이 비가 그치면 꼭 한 번 가봐야겠다.

아득하고 머나먼 길

여행이라고 하면, 어릴 때 가족들과 함께 갔던 여수 여행이 떠오른다. 열두 살, 열세 살쯤 되었을까? 여수에 도착한 날에는 피곤에 지쳐 어떻게 잠이 들었는지도 몰랐다. 푹 잔 탓인지 새벽 일찍 눈이 떠졌다. 파도 소리에 이끌려 홀린 듯 낯선 호텔 창가 앞에 다가가 바라본 먼 해변은 안개만 자욱하였다. 여수로 오는 내내, 떠오르는 만화영화 주제곡을 메들리로 부른 일이라든가 저녁에 조개구이를 먹다 체한 일이라든가 하는 지난 일들은 모두 잊고 나는 그 바다의 정취에 흠뻑 젖었다. 그 어슴푸레한 아침이 신비롭고도 아득했다.

나는 원래 여행을 좋아하는 편이 아니다. 뭔가를 계획하고 실행하는 것이 부담스럽기 때문이다. 여유가 생길 때마다 어딘가로 훌쩍 떠나는 여행에 대한 낭만을 꿈꾸긴 하지만, 일단 실제로 어디를 갈지 생각하는 것부터 나에게는 그다지 낭만적이지 못했다. 아니, 알지 못하는 곳을 헤매며 간다는 사실이 오히려 나에게는 두렵기만 했다.

장현숙 교수님은 매년 여행을 두 번 이상 가실 만큼 여행을 좋아하신다. 언젠가 교수님의 연구실에서 둔황(실크로드) 사진을 본 적이 있다. 둔황의 오아시스, 초승달 모양의 월아천을 옆에 두고 교수님은 명사산 사막 가운데에서 낙타를 타고 계셨다. 나는 그 사진을 골똘히 바라보았다. 실크로드라니! 실제로는 낙타가 냄새도 많이 나고 고생스러운 일정이었을지도 모르겠지만, 사진 속의 교수님은 세속을 초월한 다른 세상에 계신 분 같았다. 스카프를 두르고 선글라스를 쓴 모습으로 의연하게 실크로드를 건너고 계신 은사님. 사진이란 건 영원히 남는 게 아닌가. 내가 알지 못하는 그 순간은 영원 속에 녹아 있었다.

2015년쯤이었을까. 장현숙 교수님의 주관하에 연구실에서 다같이 경북 영주로 놀러 간 적이 있었다. 영주? 처음 그

경북 봉화군 청량산

지명을 들었을 때 대뜸 생각난 것은 신경숙의 소설 「부석
사」였다. 정말 그 돌들은 중간이 떠 있을까. 영주가 어디에
붙어 있는지도 모르면서 그 궁금증 하나로 일정에 가담(?)
하였다.

　물론 부석사는 일정에 포함되어 있지 않았기 때문에, 가보

그대라서 좋다, 토닥토닥 함께

지 못했다. 대신 나는 국내여행도, 심지어 당일로 다녀올 수 있는 패키지 상품이 있다는 것을 그때 알았다. 오전 7시면 종합운동장 앞에 행선지로 가기 위해 대기하고 있는 관광버스가 문전성시를 이룬다는 것도, 그날 처음 알았다. 어디를 갈지 고민할 필요가 하나도 없었던 것이다. 거기서부터 나의 여행은, 그리고 나의 여행에 대한 생각은, 조금 더 가벼워졌다.

연구실 선생님들과 함께 간 청량산은 바람이 정말 청량하였다. 퇴계 이황 선생이 왜 굳이 그곳으로 들어갔는지 알 수 있을 만큼, 잘은 몰라도 풍속도 소박하고 순박한 지역일 것 같았다. 우리는 깨끗한 물에 발도 담가보고 V라인 기차도 탔다. 꿈속에서나 봤던 것 같은 푸른 협곡의 모습, 진귀한 적송 숲의 출현…… 어떻게 잊을 수 있을까!

영주를 다녀오고 나서 나는 혼자 가는 여행을 시도해보았다. 계획은 없었다. 부산에 국제영화제가 한창이라는 소식을 듣고 다음 날로 무작정 떠났다. 예전부터 가보고 싶었던 천년 고찰이라는 범어사도 가보았다. 대나무길이 인상적이었던 범어사에는 템플 스테이를 하고 있는 외국인들이 종종 눈에 띄었다. 우리는 오래도록 서로를 바라보았는데 내가 그들을 구경하는 건지 그들이 나를 구경하는 건지 몰랐다. 시내로 들어와서는 현장에서 티켓을 한 장 사서 영화를 보고 다시 서울 가는 기차에 올랐다. 긴 시간 묵언 수행을 한 것 같은 일정에서 이래저래 생각이 많았다.

이제는 부산을 갈 때처럼 즉흥적인 여행은 떠나지 않는다. 생각지 못하게 교육여행을 기획하는 회사에서 일을 하게 되었기 때문이다. 이제 나에게 여행은 이동 시간부터 모든 세부계획을 포함하여 미리 일정을 잡아놓고 움직이는 '일'이 되었다. 기획여행의 좋은 점은 패키지 여행에 없는 일정을 가볼 수 있다는 데에 있다. 대신에 그걸 기획하는 사람은 사전에 정보가 없으면 어떻게든 공부를 해서 일정을 잡아놓아야 한다. 인터넷 검색을 하든 전화를 하든 남몰래 답사를 가보든, 해당 일정을 상품으로 만들어놓는 것이다. 그렇게 공부를 한 뒤에 손님들과 함께 행선지에 도착하면, 감회보다는 정보 확인에 급급했다. 거리는 몇 킬로미터였고 실제 규모는 어떻고 소요 시간이나 편의성은 어떠한지, 그렇게 몇 년이 지나자 이제 여행 지역만 알면 진행 가능한 코스가 술술 쏟아졌다. 즐길 수 없었던 여행들에서 얻은 보람은 그것 하나였다. 중

강원도 정선 함백산 장승들

국 근대문학의 아버지 루쉰은 그의 작품 「고향」에서 말했다. "길은 원래 없었는데 걸어가는 사람이 많아지자 길이 된 것이다." 언젠가부터 나는 개척자의 마음으로 여행을 대하게 되었다. 평소에 가보고 싶었지만 가볼 수 없었던 곳, 그런 막연한 환상이 업무 뒤에 따라붙었다.

바쁜 일상 중에 아직 실행은 못 하고 있지만 올해 안에 꼭 해야겠다고 생각한 게 있다. 바로 다름 아닌 운전 연수다. 스무 살에 면허를 따고 바로 연수를 받았었는데, 그 이후로 운전을 할 일이 없어 놔두었던 게 장롱면허가 되었다. 사실 빠른 속도로 달린다는 게 내심 무섭기도 하지만 이런저런 필요에서 이제 깊숙한 곳에 있는 운전면허증을 꺼낼 때가 되었다. 조금씩 조금씩 운전을 연습하다가 익숙해지면 나는 나만의 여행을 기획해볼 생각이다. 여행도 운전도 더 이상 낯설고 두렵지 않을 때 말이다. 얼마나 걸리려나. 빠르면 1년, 미적미적 미루다 보면 5, 6년 정도? 아직도, 갈 길이 요원하다.

여행의 좋은 점은 떠났다가 다시 돌아와야 한다는 데 있는 것 같다. 나의 인생길도 마찬가지일 것이다. 아직 제대로 떠나본 것 같지도 않지만 그래도 나의 길은 조금씩 조금씩 나아가고 있다. 운전을 시작하고 나만의 여행을 기획하고, 평소에 가보고 싶었지만 가볼 수 없었던 곳…… 그 길의 끝에서 나는 내 인생의 반환점을 찾을 수 있을 것이다. 그곳이 내가 지금도 나아갈 바를 모르는 아주 아득하고 머나먼 길이라 할지라도 말이다. 돌아서는 그곳, 그 반환점까지 여행길은 계속되

고, 오랜 명언과도 같이, 길이 끝나는 곳에서 비로소 여행은
시작될 것이다.

최명숙

Choi Myung Sook

자귀꽃과 편지

비 갠 오후, 봄 산

혼자, 어느 날 갑자기

최명숙

충북 진천에서 태어났으며, 가천대학교 대학원 국어국문학과 졸업, 석사 및 문학 박사학위를 받았다. 현재 가천대학교 한국어문학과에서 강의하고 있다. 저서로 『21세기에 만난 한국 노년소설 연구』『문학콘텐츠 읽기와 쓰기』, 산문집 『오늘도, 나는 꿈을 꾼다』가 있으며, 공저로 『대중매체와 글쓰기』『꽃 진 자리에 어버이 사랑』『문득, 로그인』『여자들의 여행 수다』 등이 있다.

자귀꽃과 편지

비가 내린다. 장맛비다. 비를 맞으
며 묵묵히 서 있는 자귀나무. 진녹색 잎사귀 위에 화들짝 꽃
이 피었다. 자귀꽃이다. 공작 깃털처럼 분홍과 흰색이 어우러
져 화려하게 피는 꽃. 여름이면 어김없이 피는 그 꽃이다.

그날도 자귀꽃이 저렇듯 화들짝 피어나고 장맛비가 한창이
었다. 나는 해외로 나가는 그와 함께 버스를 타고 공항으로
가고 있었다. 스물두 살의 나와 스물여섯 살의 그. '국군장병
아저씨께'로 시작되는 위문편지가 인연이 되어, 조금씩 사랑
을 키워가고 있을 때였다. 전역 후 두 번 만났을 뿐인데, 그가
곧 취업을 했고, 하필 그곳이 중동이었다. 긴 이별을 예고하
는 세 번째 만남. 그때 우리는 어리고 꿈 많은 청년들이었다.

나란히 버스 의자에 앉은 우리는 복잡하고 미묘한 감정 때문에 말을 잊었다. 전역의 해방감을 맛보자마자 취업한 그와 이제 시작한 연애를 제대로 못 해보고 헤어져야 하는 나. 우리둘 다 무심히 창밖으로 시선을 둘 뿐이었다. 손을 꼭 잡은 채.

창밖에는 비가 내리고 가로수 가지마다 붉은 듯 타는 듯 꽃이 피어 있었다. 우리들의 가슴에 몽글몽글 피어나고 있는 사랑처럼, 그렇게. 빗줄기를 온몸으로 맞으며 바람에 흔들리는 나뭇가지와 꽃송이. 감정은 더 감상적으로 치달았다. 그가 잡고 있는 내 손을 더 힘껏 쥐었다.

"저 꽃이 뭐죠?"

더 이상 감상에 빠지지 않으려고 물어본 거였다.

"자귀꽃."

창밖에 두었던 시선을 내게로 돌리며 그가 말했다. 그는 과묵하고 감정을 드러내지 않는 사람이었다. 그런데 그의 목소리에 물기가 묻어 있었다. 가슴이 조이는 듯 울렁거리는 듯 아득해지는 것 같았다. 나도 모르게 눈물이 괴었다. 그가 손으로 닦아주었다.

"시간 금방 가. 다녀오면 우리 바로 결혼하자. 삼 년만 기다려."

아무 말도 하지 못하고 나는 고개만 깊이 떨구었다. 눈물이 뚝 무릎 위로 떨어졌다. 왜 울었는지 정확하게 알 수 없다. 당시 내가 짊어지고 있는 삶의 무게가 힘겨워, 그에게 의지하고 싶었는데, 그것 역시 요원해지고 있다는 현실 때문이었는지, 아무튼. 창밖에는 비가 세차게 쏟아지고, 부는 비바람에 나뭇가지가 더욱 흔들렸다. 자귀꽃도 함께.

그가 돌아온 것은 햇수로 3년째 되는 봄이었다. 그 시간 동안 우리는 편지로만 마음을 나누었다. 보낸 편지는 보름이 넘어야 도착했고 그 편지의 답장을 받으려면 한 달이 족히 걸렸다. 나는 일주일에 두세 번씩 그에게 편지를 썼다. 지루하고 힘든 그곳의 생활을 예측한 내 마음의 표현이었다. 그의 답장은 한두 달에 한 번씩 왔다. 그를 마중하러 공항으로 가면서 창밖을 내다보았다. 자귀나무가 잎을 틔우고 있었다.

그가 돌아오고 우리는 한 달이 못 되어 부부의 연을 맺었다. 벚꽃이 분분한 봄, 자귀나무 잎사귀가 뾰족뾰족 새의 부리처럼 나오는 날이었다. 도대체 무슨 인연이 있기에 6년여 긴 세월 동안 세 번밖에 만나지 못한 사람과 부부가 되었을까. 주고받았던 숱한 편지에 실린 순수한 마음 때문이었을까. 어수룩해서였을까. 아무것도 재지 않고 부부가 되다니. 인연이라는 것 말고 딱히 설명할 방법이 없다.

결혼 후 사는 것이 바빠 잊고 있었다. 잠시 이별이 아쉬워 눈물 흘릴 때, 닦아주던 그의 손길을. 애틋했던 소중한 마음도 잊고 있었다. 그렇게 33년 동안 우리는 정신없이 살았다. 아이 둘을 낳아 키우고, 교육하고, 살림을 일구면서. 그러느라 때로는 갈등했고 안타까워했고 반목했다. 물론 행복하고 즐거운 날도 있었다. 아주 가끔. 우리는 서로의 마음을 제대로 나누지도 못하고 허둥지둥 살았다.

부부의 금실을 의미하는 꽃이 자귀꽃이란다. 예전에는 신혼부부가 사는 뜰에 자귀나무를 심었다고도 한다. 그 의미를 일찍이 알았다면 다르게 살았을까. 우리는 서로에 대해 아는 게 너무 없었다. 그렇다고 예전의 부부처럼 꾹 참고 사는 걸 따르지도 않았다. 애틋한 마음을 저쪽에 접어두고, 서로를 이해하기까지 오랜 시간이 걸렸다. 그를 조금 알겠다 싶었을 때, 그는 이미 자기 몫의 세상 시간을 다 쓰고, 왔던 곳으로 돌아간 후였다. 자귀꽃을 보면 회한이 깊어진다. 내 손을 꼭 잡아주던 그의 손길이 겹치면서.

장맛비 끝에 부슬부슬 가랑비가 내린다. 아침에 우산을 쓰고 산책을 나섰다. 세곡천변에 자귀꽃이 피어 비를 맞고 있

그대라서 좋다. 토닥토닥 함께

다. 원추리와 벌개미취도 드문드문 피어 있다. 불어난 물줄기가 흙탕물이 되어 거세게 흐른다. 공항으로 가는 버스 안에서 울먹이는 내 손을 힘주어 잡던 그가 불쑥 더 그립다. 하늘을 올려다보았다. 동쪽 하늘가가 환해지고 있었다. 비가 멈출 모양이다.

　나만의 보물 상자 속에는 그가 보낸 사십여 년 전의 편지가 고스란히 들어 있다. 그 편지로 인해 우리의 만남이 시작되었다. 그와 나 사이에 있었던 게 인연을 매개로 한 편지였을까. 편지를 매개로 한 인연이었을까. 확실한 건 그와 내가 아주 특별한 인연에 의해 만나게 되었다는 것이리라. 이 세상의 모든 만남이 그러하듯.

비 갠 오후, 봄 산

그 남자를 만난 것은 산 정상에서였다. 가끔 궁금했다. 산 정상이 이리도 깨끗한 이유가. 아무리 산바람이 낙엽과 먼지를 쓸어낸다고 해도, 사람 손이 가지 않고 이럴 수 있을까 싶었다. 산에 오르는 사람들 가운데 나처럼 생각하는 이가 있었다. 어떤 남자가 청소를 하더라는 말을 바람결에 들었으니까. 나뭇잎과 나뭇가지가 널브러져 있는 곳이 산이지 않은가. 설마 그 산을 누가 쓸랴 하면서도, 이상하긴 했다. 계단이며 의자가 항상 깨끗했기 때문이다. 그런데 드디어 그 남자를 만난 것이다.

봄비가 내린 오후였다. 비 그치고 난 산에는 빗물이 다 스며들어 땅이 보송보송했다. 이런 날 산에 가면 풀냄새 흙냄새가 어우러져 참 좋았다. 물을 한 통 담고, 오이를 하나 씻어 배낭에 넣었다. 다른 간식은 필요 없다. 빗물에 깨끗이 씻긴 연두색 나뭇잎은 야들한 얼굴을 내놓고 햇볕을 받고 있었다. 등산로 입구에는 이제 피기 시작한 조팝꽃 아래 자주괴불주머니와 긴병꽃풀이 보랏빛 꽃망울을 터뜨렸다. 향긋하면서 풋풋한 나무와 풀냄새에 코가 절로 벌름거렸다.

비가 막 그쳐서 그럴까. 산은 고요했다. 주택가 근처 산이라 늘 사람이 많았는데. 등산로는 빗물이 빠져 미끄럽지 않았고 먼지가 일지 않았다. 시야가 맑아 청계산이 바로 앞에 와 있는 듯 보였다. 자연에 취해 걷다 보니 어느새 산 정상이 가까워지고 있었다. 애기나리꽃 군락지를 지나 조금만 더 오르면 정상이다. 가까이에서 들리는 맑은 꾀꼬리 노랫소리에 정신을 빼앗겨, 지고 있는 생강나무에 앉아 남은 꽃을 따 먹는 새를 놓칠 뻔했다. 아기직박구리였다. 얼른 사진을 찍었다.

쓰윽 쓰윽 싹, 비질하는 소리가 들렸다. 고개를 돌려보니 어떤 남자가 정상에 오르는 계단을 쓸고 있었다. 한 계단 한 계단 정성스럽게. 비질하는 모습이 마치 수행하는 사람처럼 경건해 보였다. 맑은 얼굴에 약간 불그레한 빛을 띤 것은 비질을 하느라 열이 올라서 그러리라. 남자는 어쩌다 지나가는 사람들의 발걸음을 피해가며 쓸고 있었다. 성글게 맨 싸리비를 약간 기울여 계단과 그 아래까지. 비 온 뒤 산 정상에서부터 아래까지 청소하는 이가 있다는 말을 들었는지라, 무슨 말이라도 건네고 싶었다.

"좋은 일 하시네요. 고맙습니다."

이 말 외에 더 할 말이 없는 듯했다. 내 말에 남자는 빙긋 미소를 띠기만 하고 말을 하지 않았다. 그걸로 충분했다. 때로 입에서 나온 말이 생각을 제한시켜버리기도 하니까. 맑게 갠 하늘만큼이나 마음이 맑은 사람 같았다. 다람쥐 한 마리가 굴참나무 옆에서 나를 빤히 쳐다보았다. 이 산의 다람쥐는 사람들을 봐도 피하지 않는다.

깨끗한 계단을 오르며 나를 돌아보았다. 누군가에게 호의나 선의를 베풀었다가, 끊임없이 당연한 듯 요구하는 경우를 여러 번 겪으면서, 슬그머니 마음을 접어버린 나였다. 애초에 대가를 생각하지 않았는데도, 처음 먹었던 마음이 그대로 유지되지 않았다. 사람이 덜 돼서 그렇겠지만. 그러니 나는 하기 힘든 일이다. 어쨌든 아무런 대가를 바라지 않고 남을 위해 하는 모든 일은 아름답다. 쉽지 않은 일이기에 더욱

그대라서 좋다, 토닥토닥 함께

그렇다.

정상에 오르니 땅에 그대로 누워도 좋을 만큼 깨끗했다. 옛날 우리 집 안마당처럼. 이렇듯 깨끗한 안마당을 보고 마을 사람들은 그랬었다.

"밥알이 떨어져도 주워 먹게 생겼네. 흙고물 하나 안 묻을 겨."

할머니도 아침마다 싸리비로 정성스럽게 마당을 쓸었다. 싸르락 싸르락 비질 소리에 잠을 깨곤 했으니까. 우리는 저렇듯 깨끗한 마당에서 사방치기와 자치기를 하며 놀았고, 멍석을 펴고 저녁을 먹었으며, 농사지은 갖은 곡식을 널어 말렸다. 그뿐인가. 매캐하고 향긋한 모깃불 연기 속에서 눈이 빨개지도록 밤하늘의 별을 헤었고, 밤새 내리는 함박눈과 은은한 달빛을 보며 문학적 감성을 키웠다. 어린 내 몸과 마음이 성숙해가던 장소는, 저렇듯 깨끗한 산 정상처럼 말갛게 쓸어놓은 우리 집 안마당이었다.

빗물이 걷힌 나무의자에 앉아 물을 마셨다. 봄바람이 가만가만 불어왔다. 비둘기 두 마리가 날아와 아장아장 걸었다. 일어나 스트레칭하며 멀리 북쪽을 보니 인수봉이 가깝게 보였다. 환경이 깨끗하니까 멀리 있는 곳이 보이는 것처럼, 마음이 깨끗해지면 세상과 사람을 보는 혜안이 생길까. 욕심에 가려 못 보는 게 얼마나 많을까. 한동안 하늘을 바라보았다. 맑은 공기를 들이마시며 저 맑은 햇살을 내 마음속에 들여놓으리라 생각했다.

산에서 내려오는 발걸음이 더욱 가벼웠다. 가슴이 부풀며 마음이 부유해진 것 같기도 했다. 산새들의 노랫소리가 더 다양하게 들리고, 풀섶의 들꽃들도 많이 보였다. 다시 비질하는 소리가 들렸다. 곁길로 난 산 아래 계단을 그가 쓸고 있었다.

청아한 꾀꼬리 노랫소리가 봄 산에 울려 퍼졌다. 새소리에 봄꽃들이 화르르 피어날 것만 같았다. 등산객들이 하나둘 올라오고 있었다. 저들도 깨끗한 산 정상과 계단을 보면 나와 같은 생각을 했을까. 세상에는 좋은 사람들이 그렇지 않은 사람보다 많고, 좋은 사람들에 의해 조금씩 바람직한 방향으로 나아가고 있다는 것 말이다.

앗! 무엇이 눈에 띈다. 여성용 등산모자다. 올라올 때 못 보았는데 땅에 떨어져 있다. 누가 놓치고 모른 채 가버렸나 보다. 등산로 옆 팥배나무 가지에 모자를 눈에 잘 띄게 걸어두었다. 주인이 찾아가기를 바라면서. 모자를 발견한 주인의 기

그대라서 좋다. 토닥토닥 함께

뻐하는 모습이 그려진다. 미소가 살며시 비어져 나온다.

비 갠 오후, 봄 산은 이루 말할 수 없이 싱그럽다. 그리고 깨끗하다.

혼자, 어느 날 갑자기

자리덧 때문에 약간 뻑뻑한 눈과 무지근한 몸, 아울러 두근대는 가슴, 부스럭 부스럭 깨어나는 바깥의 물상들, 가을빛으로 물들어가고 있는 호숫가의 나뭇잎, 설레던 가슴을 금세 가라앉히는 잔잔한 호수, 해가 뜨려는 듯 불그레한 산 저쪽. 경포가 내려다보이는 낯선 곳의 아침 풍경이다.

느릿느릿 일어나 재킷을 걸치고 밖으로 나왔다. 해는 아직 뜨지 않았고, 지나치는 차량도 드물었다. 호숫가를 걸었다. 경포호수다. 오래전부터 아침 산책으로 걷고 싶었던 곳. 기분이 묘했다. 꿈꾸었던 게 어느 날 예기치 않게 이루어진 것이. 마음속 바람이 나를 여기로 이끈 것일까. 낯선 곳, 아무도 아는 이 없는 곳에서 맞는 아침은 그래서 설레었던 것 같다. 이 느낌을 오래 누리고 싶었다. 천천히 걷는 것도 그래서다.

호숫가에 심은 벚나무가 노랗고 붉게 물든 잎사귀를 하나둘 떨어뜨리고, 물오리들은 떼를 지어 물 위를 유유히 지나간다. 발길을 붙잡는 보랏빛 해국, 손짓하는 하얀 갈대, 우거져 비밀스럽게 보이는 소나무 숲길, 멀리서 보았던 풍광과 다르게 호수와 호숫가는 아기자기하고 정겨웠다. 어느 시인의 시비 앞에 서서 시를 읊조려보고, 나무 의자에 앉아 호수를 내려다보았다. 어느새 해가 떠올라 호수를 가득 비추고 있었다. 물 위에 반짝이는 햇살. 물오리도 눈부신 듯 움직임이 빨라졌다.

어제 새벽 설악산을 향해 떠난 터였다. 갑자기 울산바위 정상에서 툭 터진 산 아래를 내려다보며, 타오르는 단풍을 보고 싶어 견딜 수 없었다. 평일 동트기 전 새벽, 고속도로는 한산했고, 속초로 가는 길옆의 숲은 울긋불긋 단풍으로 붓질되어 있었다. 울산바위까지 가는 길이 막혔다는 걸, 흔들바위에 도착했을 때에야 알았다. 아쉬운 마음을 달래며 너럭바위에 앉아 꽃보다 더 고운 단풍을 보았다.

설악산 단풍

　비가 적당하게 오고 날이 추워야 단풍이 곱게 물든단다. 우리 인생도 쓰고 단 것을 잘 견디고 성숙해질 때, 저렇듯 고운 빛깔로 빚어져 빛나게 되는 걸까. 만만치 않은 일이다. 저만치 떨어져 보면 더없이 아름다운 단풍도, 가까이 보면 상처투성이라는 걸 모르지 않는다. 모든 사람들의 삶 또한 정도의 차이가 있을지라도 그와 같다. 그래서 특별히 내 삶이 힘들다고 생각지 않는다. 지금 와서 보니 고통스러웠던 모든 게 다 견딜 만했다.

　흔들바위에서 내려와 신흥사를 거쳐 비선대로 가는 길은

　　　　　　　　　　그대라서 좋다, 토닥토닥 함께

평탄했다. 언제까지 넓고 좋은 길이 계속될까 싶었다. 하늘을 향해 시원스레 죽죽 뻗은 나무, 자그마한 당단풍나무, 붉나무, 드문드문 핀 구절초와 산국, 즐거운 표정으로 지나는 관광객, 모두 자연스럽게 조화를 이루고 있었다. 왼쪽 개울에 흐르는 물은 맑디맑았다. 기암괴석 사이로 보이는 화려한 단풍이 눈뿐 아니라 마음까지 깨끗하게 해주었다.

천불동계곡을 보려던 계획은 어긋났다. 비선대에 도착했을 때 오후 5시가 다 되었기 때문이다. 계곡 입구로 들어서려다가 뒤돌아섰다. 여행을 하다 보면 꼭 남겨두는 곳이 있기 마련이다. 그곳에 한동안 머물지 않고는 다 볼 수 없다. 이제 그것도 재미다. 다음에 또 오면 되지, 없어지지 않을 테니까. 내년 가을에 울산바위와 천불동계곡에 다시 올 생각이다. 올해보다 더 단풍이 곱게 물든 날을 잡아서.

그렇게 설악을 보고 경포 앞 호텔에서 묵었다. 침대에 누워 호수를 내려다보았다. 가로등이 켜진 조용한 호숫가. 내일 아침 저 호숫가를 산책하리라 마음먹었다. 밤이 깊어도 잠이 오지 않았다. 눈을 감으면 설악산에서 보았던 단풍이 어른거렸다. 휴대전화를 열어 수면 유도 음악을 들었지만 잠이 오지 않았다. 여행할 때마다 겪는 불면증. 아침에 눈이 뻑뻑한 것

경포호

도 그 때문이었다.

호수는 무척 잔잔했다. 이제 내 삶도 저렇게 흘러갔으면 좋
겠다. 생각해보면 참으로 역동적으로 살아온 삶이었다. 누구
의 인생인들 그렇지 않으랴마는. 운명이었는지, 내가 만든 것
이었는지, 알 수 없다. 중요한 것은 이제 내 삶에서 진정한 주
인이 되어 살아야겠다는 생각이다. 꿈을 위해 끝까지 놓지 않
았던 것도 있지만 비교적 내 삶은 역할에 충실하려고 힘썼다.
이제 전적으로 본연의 나를 위해 살리라. 허물이 될까. 아니

그대라서 좋다, 토닥토닥 함께

경포 앞바다

다. 인생 여정에서 이쯤에는 그래도 되는 자리다. 갑자기, 퍼지는 햇살처럼 행복감이 밀려온다. 새로운 의욕도 함께.

다시 일어나 걸었다. 한참 걷다 울창한 소나무 숲속으로 들어갔다. 동화 속의 나라처럼 꾸며져 있었다. 숲속 의자에 앉아 한동안 숲 향기를 들이마셨다. 은은한 솔향기가 가슴 깊숙이 들어온다. 가슴이 후련하다. 눈의 피로도 슬며시 사라졌다. 숲에는 나 혼자밖에 없었다. 플라스틱으로 만들어놓은 인형들에게 말을 걸었다. 고개를 갸웃거리며 대꾸하는 것 같았다. 아치형의 다리를 건너보았다. 포즈를 취해가며 사진도 찍었다. 그 소나무 숲의 주인은 바람과 하늘과 나였다.

호숫가를 한 바퀴 돌고 경포 앞바다로 갔다. 아침 바다는 파도와 함께 내 가슴으로 밀려들어 왔고, 햇볕도 반짝이며 달려들었다. 넘실대는 바다 앞에 서서 작은 목소리로 노래를 불렀다. 저 푸른 물결 외치는 거센 바다로 떠나는 배……. 바닷가에 서면 저절로 흘러나오는 노래. 바닷바람은 차가웠지만 상쾌했다. 이대로 좋았다. 누구와 보조를 맞출 필요가 없고, 시간의 제약도 없다. 내가 하고 싶은 대로 하는, 지극히 자유로운 아침 산책이었다.

혼자, 어느 날 갑자기 떠난 여행, 전에도 가끔 있었던 일이다. 언젠가부터 혼자 하는 여행이 편해졌다. 여럿이 하는 것은 그대로, 혼자 하는 것은 또 그대로 장단점이 있다. 시간과 취향만 잘 조율된다면, 친구나 가족과 함께하는 즐거움을 어디에 비길 수 있을까. 즉흥적으로, 가고 싶을 때 언제라도 떠날 수 있는 것 또한 좋은 일이다. 이번 여행도 그랬다. 앞으로도 자주 그럴 것 같다.

설악산에서 큰 배낭을 지고 뚜벅뚜벅 혼자 산에 오르는 사람을 여럿 보았다. 늦은 시각 천불동계곡으로 유유히 걸어 들

어간 이는 여자였다. 그녀는 혼자 단풍이 아름다운 계곡으로
들어갔다. 당당하고 멋져 보이는 그녀의 뒷모습이 오래 기억
에 남을 것 같다. 저 배낭 같은 삶의 무게를 지고 인생이라는
산에 오르는 게 인간의 숙명이라는 느낌과 함께. 혼자, 어느
날 갑자기 떠난 가을 여행, 한마디로 오묘한 단풍 색깔 같았
다고 할까.

한 치 로

Han Chi Ro

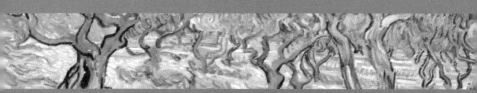

따뜻한 차 한 잔

나와 아들

노산행(魯山行)

한치로

중국 산동성에서 태어나 현재 산동이공대학 교수로 재직하고 있다. 학생들에게
문학을 교육하고 있다. 가천대 한국어문학과 대학원에서 「한중 만주 체험소설 비
교 연구」로 박사학위를 받았다. 바다의 노을 보기를 좋아하고 계곡의 갈잎 보기를
좋아한다. 하루에 한 번씩 산책하며 한국 가요와 케이팝을 흥얼거린다. 한국의 숯
불갈비와 불고기를 좋아하며 언제나 한국 여행을 꿈꾼다.

따뜻한 차 한 잔

내가 한국을 떠나온 지 벌써 4년이 되었다. 그동안 한국에 대한 생각과 그리움은 자꾸 삶의 어느 순간에 언뜻 다가와 내 마음을 휘저어놓곤 했다. 맛있는 한국 요리, 재미있는 대학원 생활, 친절하신 교수님, 멋있는 선배님들 등등. 나는 기억 속에 간직하고 있는 이 모든 사람들과 일들이 그리웠다. 그러나 중국에 돌아와 직장 생활을 하다 보니 제멋대로 할 수 있는 일이 별로 많지 않았다. 한국에 대한 그리움은 차차 소리없이 내 일상에서 밀려나 잊혀져가고 있었다.

귀국한 지 2년째 되었을 무렵, 한국 유학 동안에 룸메이트로 지냈던 친구를 만나게 되었다. 오랜만에 만난 우리가 술집에서 그동안에 쌓인 이야기를 실컷 나누고 있는 가운데, 그 친구는 나에게 질문을 하나 던졌다. 한국에서 중국으로 귀국한 후 가장 그리운 것은 무엇이냐는 것이었다. 그 질문을 받은 나는 잠시 동안 정신이 황홀해졌다. 그동안에 그리웠던 것들이 하나씩 하나씩 방영 중인 영화처럼 머리를 스쳐 지나가고 있었다. 한참 후에야 그중에서 하나를 막 꺼내어서 친구의 질문에 답하려던 순간, 나의 마음 깊은 구석에서 뭔가가 다른 것들을 제치고 올라왔다. 그것은 김이 모락모락 나는 따뜻한 차 한 잔이었다.

가천대생으로 처음 한국에 갈 때 나는 30대 초반이었고 나의 첫째 아이가 태어난 지 얼마 안 된 시점이었다. 주변 사람들의 반대와 질타와 비웃음에도 불구하고 처자식을 내버려두고 혼자서 한국 유학을 시도했던 나였다. 이런 나에게 학업에 대한 불안감, 가족에 대한 그리움, 한국 생활에 적응하는 데 생긴 초조감이 한꺼번에 몰려왔다. 게다가 나는 한국어 전공이라고 하지만 한국인과 의사소통하는 데 많은 불편과 스트레스를 겪고 있었다. 더구나 혼자서 이국땅에서 공부하고 생활하는데, 특히 초기 시작 단계에서 외국인으로서의 나에게 닥쳐오는 어려움은 한두 가지가 아니었다. 그러나 이것이

그대라서 좋다. 토닥토닥 함께

내가 선택한 길이라 아무리 힘들어도 끝까지 걸어가야 한다는 신념과 견뎌내야만 한다는 생각으로, 안간힘을 다해 이 시련을 극복해 나가기로 결심했다.

대학원 첫 수업시간에 나는 흥분하고 긴장하였다. 오랜만에 학교 생활을 다시 시작하니 기대가 되었지만 나이가 한참 어린 학생들과 같이 수업을 받는 것에 스트레스를 받기도 했다. 각자 자기소개를 한 후 교수님은 나에게 "문학을 왜 전공하세요?"라고 물으셨다. 문학에 대해서 뭘 좀 알고 있는 양, 내가 가진 문학 견해를 뽐내려고 했는데 한국어로 어떻게 유창하게 구사해야 할지 갈피를 잡지 못했다. 결국 더듬거리면서 "문학을 좋아합니다. 소설 읽는 것을 좋아해요."라고 궁색한 대답을 하고 말았다. 교수님은 단지 "좋아해서"를 되풀이하면서 이야기를 끝내고 수업을 시작하였다. 나중에 이 질문이 생각날 때마다 "그때 멋진 대답을 했어야지"라는 안타까운 생각이 들었다.

내가 막 한국 생활에 적응하기 위해 바쁘게 움직일 때, 어느 날 교수님이 나에게 연구실로 오라고 하셨다. 그 말씀에 나는 정신이 바짝 들며 긴장했다. 왜냐하면 학창 시절에 나는 단 한 번이라도 담임선생님께 사무실로 불려간 적이 없는 '모범생'이었기 때문이었다. 그때 내가 가진 고정관념으로는 학생이 선생님께 사무실로 불려갔다면, 학생이 사고를 저질렀음에 틀림없는 것이었다. 그래서 여기에 와 있는 짧은 동안에 설마 내가 무슨 잘못을 했나, 아니면 내가 부주의로 말실수라도 했나, 혹시 교수님께 나쁜 인상을 남겼으면 어떡하나 등등 근심 걱정에 파묻혔다.

이렇게 걱정에 빠져 있다가 약속 시간이 되자 나는 조마조마한 마음으로 교수님 연구실로 찾아갔다. 그러나 예상했던 것과 달리 화난 얼굴이 아닌 빙긋 웃는 얼굴로 나를 맞이한 교수님은 온유한 말투로 나에게 잘 지냈느냐고 물어왔다.

"네, 잘 지냈습니다."

"여기 앉아요."

"네."

강의 분위기가 아닌 일상적 대화 분위기가 나의 불안감을 떨치고 마음을 안정시켰다.

"차 마셔요."

"네, 감사합니다."

교수님께서 건네주신 찻잔을 받아 마셨다. 맛있었다. 중국차 맛이었다. 찻물이 목구멍을 넘어 배 속으로 내려가자 온몸에 훈훈한 온기가 돌기 시작했다. 마치 봄날에 따뜻한 햇볕을 쬐는 느낌과 같았다. 나른하면서도 행복한 느낌. 연구실의 따뜻한 분위기 속에서 교수님과 차를 마시면서 이야기하다 보니, 그동안에 노심초사 걱정했던 내 마음이 봄 눈 녹듯 순식간에 풀어지고 안정을 되찾았다. 물론 그 순간의 심적 변화를 나는 연구실에서 나온 후에야 알아차렸다.

"교수님, 차 맛있네요."

"많이 마셔요."

많이 마시라는 말씀은 나에게 커다란 격려와 고무를 가져다주었다.

교수님 연구실에서 나온 나는 깊게 한숨을 내쉬고 가벼운 걸음으로 집으로 향했다. 푸른 하늘, 맑은 공기, 그리고 선선한 바람은 오랜만에 나에게 위로와 평화를 가져다주었다. 이때의 나는 마치 소설에 등장하는 주인공들이 일상을 탈출해서 지향했던 경지에 이른 것처럼 온몸이 가뿐해졌다. 그 이후로 교수님을 뵈러 연구실에 가거나 연구실 모임에 참석할 때, 항상 차를 얻어 마실 수 있었다. 그 차들은 한결같이 감미롭고 따뜻했지만 처음에 교수님 연구실에서 마셨던 차와는 맛이 다른 것 같다.

친구는 나의 답을 기다리다 못해 한국 요리를 먹고 싶어. 여기 한국 요리 맛은 그 맛이 아니야라고 나에게 말했다. 그 거야 어디서, 누구와 식사하느냐에 따라 음식 맛이 달라질 수 있다는 것이다. 나도 한국 본토의 음식이 그립다. 한국에 관 련한 모든 사람과 일들이 모두 그립다. 그러나 나에게 가장 그리운 것은, 기억 깊은 곳에 자리하고 있는, 그 차 한 잔뿐이 다. 따뜻한 차 한 잔.

그대라서 좋다. 토닥토닥 함께

나와 아들

학부모가 모이는 자리에서였다. 지호 아버지가 아이 교육 문제에 대하여 하소연하였다. 요새 우리 애가 왜 그런지 모르겠다며, 뭘 해도 어영부영하고, 야단치고 이끌어줘도 소용없다고 했다. 예전에 자기는 부모님의 고생과 기대는 물론 선생님들의 아낌없는 가르침을 알고 그분들에게 보답하기 위해 열심히 살아왔단다. 그런데 지호는 남에 대한 배려나 남을 위한 생각이 아예 없는 것 같다며, 이제 그 녀석을 어떻게 교육해야 할지 전문가인 선생님의 조언을 구했다. 지호 아버지는 고민이 많은 것 같았다. 담임선생님은 지호 아버지에게만 있는 문제가 아니라며, 이 세대 아이들이 처한 사회 환경이 기성세대와 너무 차이가 난다고 했다.

그러니 부모로서 조급해하지 말고 그 문제점을 잘 생각해서 아이가 바른 가치관과 태도를 갖도록 슬슬 대화로 유도해보는 게 나을 것 같다고 조언해주셨다.

지호 아버지의 고민은 바로 나의 고민이기도 하였다. 전에 내가 뭘 시켜도 순순히 따랐던 아이가 나이가 들면서 말대꾸를 하기 시작했고, 싫다며 거부하기도 했다. 뭘 하든지 남의 충고를 들어주지도 않고 제멋대로 굴기만 했다. 집에서 국어 과제를 할 시간에는 더욱 심했다.

작문은 우리 아이에게 가장 어렵고 힘든 과제였다. 그래서 주어진 시간에 완성하지 못한 경우가 많았다. 길지 않은 저녁 시간에 작문하는 데 두 시간이나 걸리는 걸 보면 나는 화가 점점 나기 시작했다. 시간 관리를 왜 이렇게 못하나 싶은 생각이 들었기 때문이다. 간신히 과제를 끝냈더라도 내가 보기에는 엉망이었다.

"얘야, 다시 써."

"왜요? 싫어요. 내가 얼마나 힘들게 썼는데요."

"내가 몇 번 말해야 알아듣니? 한자는 반듯반듯하게 써야 깔끔하고 멋있어 보이지. 이것들 봐, 이게 무슨 꼴이냐? 하늘로 날아가겠다. 그리고 문맥상 앞뒤가 맞물리지 않은 데가

너무 많아."

"싫어요, 이대로 낼 거야. 늦었어요. 자야 해요."

"다시 쓰고 자라고."

"싫다니까요."

"너 맞고 싶어? 너 자기만 해봐라."

아이와 나의 실랑이는 끝없이 계속되었다. 이럴 때마다 마음속에서 치솟아 오르는 화를 내가 아무리 짓눌러도 소용없었다. 결국 화산이 폭발하는 것처럼 아이에게 발칵 화를 내고 말았다. 화를 내는 나를 보고 아이는 억울함과 불만과 울적한 표정으로 자기 방으로 들어가서 내 요구대로 다시 쓰기 시작했다. 나는 올바른 공부 태도를 갖지 않는 애가 한심스러웠다. 부전자전이라고 하는데, 내 자식이 학업에 대한 나의 진지한 태도를 왜 이어받지 못했을까 하는 아쉬움이 들었다. 그러나 며칠 전에 있었던 담임선생님 말씀 덕택에 나의 가정교육에 대해 반성하게 되었다.

그날은 아이가 청소년 농구클럽으로 훈련을 받으러 가는 날이었다. 아이는 저녁에 훈련장으로 자기를 데리러 오라고 했고, 아내는 그러겠다고 약속했다. 아내가 저녁에 훈련장에 갔더니, 담당 선생님은 아이가 오늘 빠졌다고 했다. 분명히

간다고 했는데 훈련을 빠졌다니. 핸드폰을 집에 두고 간 아이와 연락이 되지 않았다. 어쩔 수 없이 집으로 돌아온 아내가 나에게 어디 가서 놀고 있을 테니 걱정하지 말라고 했다. 여섯 시 반쯤에야 아이가 집으로 왔다.

"오늘 훈련을 했니?"

"당연하죠."

"최 선생님이 오셨어?"

"안 오셨는데요. 경기 참석하러 북경에 가셨대요."

"점심때 엄마랑 약속한 거 잊었지? 나 너 데리러 훈련장에 갔거든. 최 선생님도 만났고. 넌 훈련을 안 했다더라. 어디 갔다 온 거야?"

아내는 약간 화난 말투로 아이 결석 이유를 따졌다. 당당하게 말하던 아이는 아내의 말에 머리를 숙이고 말이 없었다. 나는 아내에게 진정하라는 손짓을 하고 대신에 물었다.

"얘기해봐. 왜 빠졌는지. 정당한 이유라면 봐줄게."

"나 버스로 훈련장에 가다가 갑자기 뒤가 마려웠어요. 그래서 버스에서 내려 정류장 근처 화장실에 들렀어요. 볼일을 보고 화장실 안의 시계를 보니 훈련 시간이 다 되었어요. 우리 선생님이 훈련 시간에 늦으면 운동장에서 열 바퀴를 뛰게 한다는 벌이 생각이 났어요. 벌을 받을까 봐 몰래 돌아왔어요."

"돌아왔으면 왜 집에 들어오지 않고 어디서 빈둥거린 거야?"

아이의 말에 나는 화가 점점 나기 시작하였다. 이 작은 일을 통해 아이가 어려움을 극복하려는 의지가 없다는 것, 거짓말하는 것 등, 부정적 삶의 태도를 가지고 있다는 것을 알게되었다. 이런 나쁜 버릇을 용납할 수 없었던 나는 바로 그 잘못을 지적하며 훈계하려던 참이었다. 그런데 아이의 대답에나는 뒤통수를 맞은 듯한 충격을 받았다.

"아빠가 화를 낼 것 같아서요."

"야, 너, 이유가 정당하다면 내가 화를 왜 내는데?"

"아빠가 그랬어요. 툭하면 화내는 거. 나 미워하는 것 같아요."

말문이 막혔다. 자상한 아버지가 되기 위해 아이와 친하게어울렸다고 생각했는데, 언제부터 나와 아이는 이렇게 멀어지게 되었을까. 아이는 또 언제부터 야단을 면하기 위해 거짓말을 하기 시작했을까. 여러 가지 생각이 뒤엉키는 바람에 나는 더 이상 그 일을 따지지 않기로 했다. 그러나 그날부터 나는 부모로서 나의 교육방식에 대해 새삼 반성하게 되었으며아이의 심적 변화 등에 대해서도 유심히 살펴보게 되었다.

아이의 입장에서 그동안 나의 언행을 돌아보았다. 그제야 깨닫게 되었다. 지금껏 나는 아이를 독립된 개체가 아닌 나의 종속물로 보아왔던 것이다. 서로 간의 대화도 대등한 인격체에서 이뤄진 것이 아니었다. 아이에게 무조건 내 말대로 움직이라고 했다. 그것은 아이를 남에게 뒤지지 않는 훌륭한 사람으로 키우고 싶은 나의 욕심 때문이었다. 나는 무의식 속에서 아이를 나의 체면을 세워주는 주체로 인식했다. 그래서 내가 한 모든 것들이 아이의 입장에서 볼 때는 폭력이었던 것이다. 매일 나로부터 언어폭력을 당한 아이는 집에 들어오면 자신의 방문을 닫으면서 마음의 문도 닫아버렸다. 나와의 소통이 없어짐에 따라 부자 간의 갈등이 빈번해지고 관계도 점점 나빠졌던 것이다.

이런 것들을 알아차린 나는 생각을 바꾸기로 하기로 했다. 모든 나의 욕심을 버린 채 평정심을 가지고 아이의 삶과 공부를 지켜보기 시작하였다. 가능한 한 아이의 의견을 존중하고, 서로 의견이 맞지 않을 경우 대화로 풀어가도록 했다. 그러다 보니 우리 부자 관계는 눈에 보이게 긍정적인 방향으로 발전해가고 있었다. 집안 분위기도 화기애애해지고 단란하게 되었다. 이런 변화가 계속되면 우리 부자 관계가 예전으로 돌아갈 수 있을 거라 믿는다.

그대라서 좋다, 토닥토닥 함께

노산행(魯山行)

코로나 19가 만연하면서 확산을 막기 위해 정부에서 외출 자제를 호소하였다. 동네 주민들은 미지의 병마에 대한 두려움으로 집 안에 틀어박혀 정부의 요구에 철저히 응하였다. 6월쯤 버텨오던 코로나 19가 안정세를 보이면서 외출 제한 정책이 풀렸다. 사람들은 집 밖의 세계를 갈망하는 마음을 억누를 수가 없어 하나둘씩 나들이를 가기 시작하였다. 그동안 마음속에 쌓인 답답함과 지루함을 여행으로 달래보려는 생각일 것이다.

폭우가 그치고 맑게 갠 하늘을, 아침 식사 후 창문을 통해 보던 아내가 나에게 물었다. "나가서 노는 동네 사람이 많은 것 같은데 우리도 나가볼까요? 맨날 집에만 있으니 답답해

죽겠어. 단 하루라도 어디 가서 구경하고 옵시다."

아내의 말에 나도 마음이 움직이기 시작하였다. 그동안 밖으로 나가면 감염될 위험이 있다고 생각해왔기 때문에 집에만 3, 4개월이나 틀어박혀 있었다. 그러다 보니 몸이 다 굳어버릴 정도였다.

눈빛이 간절한 아내를 보면서 잠깐 망설이다가 큰마음을 먹고 나가기로 했다. 아내와 아이들은 나가겠다는 말에 방 안에서 뛰면서 환호하였다. 나는 2, 3일에 한 번씩 택배를 받기 위해 동네 입구에 나가는데, 아이들이 설 지난 후 집 밖으로 나간 것은 이번이 처음이었다. 오랜만에 나가는 거라 모두 기대했으나 어디로 갈지 의견이 분분했다. 아이들은 놀이공원에 가자고 하고, 아내는 백화점에 가자고 했다. 나는 사람이 몰리는 백화점 같은 데는 가지 말고 한적한 데로 가자고 제의했다. 결국 자연의 청정한 공기를 마음껏 들이마시고 그동안 굳은 이 몸을 실컷 풀어야 한다는 생각에, 우리는 집에서 가장 가까운 관광지인 노산국가삼림공원(魯山國家森林公園)에 가서 등산하기로 결정했다.

노산(魯山)은 산이라고 하지만 원나라부터 명나라, 청나라에 이르기까지 황실 소속의 마장이었고 중국 건국 후에 공영 목장으로 변경되어 생태 환경이 잘 보호되고 있다. 또한 삼림 공원이라는 이름이 붙여진 이 관광지에는 산동성에서 높이가 네 번째로 자리 잡은 관운봉(觀雲峰), 천년의 역사를 가진 타선사(駝禪寺), 가파르고 험한 노산운제(魯山雲梯) 등 총 140여 개의 경관이 있다. 그래서 노산 근처에 사는 우리에게는 훌륭한 산행 장소가 된다.

우리는 간단한 준비를 하고 마스크를 쓴 채 들뜬 마음으로 집을 나왔다. 날씨가 조금 덥지만 공기가 맑고 하늘이 푸르러서, 등산하기에 딱 좋은 날씨였다. 길거리에 차도 행인도 적어 통행이 막힘없어 수월했다. 한 시간 반 후에 우리는 노산 국가삼림공원 입구 주차장에 도착했다. 주차장에는 이미 마스크를 쓰고 등산하러 나온 사람이 여러 명 있었다. 그들은 서로 거리를 두고 하나둘씩 떼를 지어 등산 전 준비와 몸풀기를 하고 있었다.

우리는 귀가 시간과 애들의 체력을 감안해서 최고봉인 관운봉 등반을 포기하고 관광센터에서 가까운 만석미궁(萬石迷宮)과 승운봉(昇雲峰)에 올라가 보기로 했다. 주차장에서 도보로 만석미궁에 가다 보니 우리와 같은 코스를 선택한 사람

노산국가삼림공원 계곡

이 거의 없다는 것을 알게 되었다. 그늘진 오솔길을 한가로이 거닐다 보면 바람 소리, 새소리와 아이의 떠드는 소리밖에는 아무 소리도 들리지 않았다. 세상은 마치 하늘과 땅만 살아 숨 쉬고 다른 모든 것들은 정지 상태로 들어간 것 같았다. 평소에 시끄러웠던 아이의 떠드는 소리도 이제 천진난만할 뿐만 아니라 세상을 더욱 고요하고 그윽하게 만들었다.

우리는 구불구불한 산길을 따라 작은 숲을 하나 지난 후 만석미궁에 도착했다. 만석미궁은 수많은 동굴이 연결되어 이

그대라서 좋다, 토닥토닥 함께

뭐졌다. 크고 둥근 돌이 겹쳐서 만들어진 동굴 미궁이다. 아이들은 이것을 보고 너무 신나서 바로 뛰어들어 탐험가처럼 미지의 세계를 탐험하기 시작하였다. 아내도 이것을 보고 재미있는 것 같았는지 아이들에게 같이 동굴 안에서 숨바꼭질을 하자고 제의했다. 그들이 하하하 크게 웃는 소리를 들으면서 나는 돌에 몸을 기대어 쉴 겸 주변을 바라봤다. 이 돌들이 몇십 년, 몇백 년, 심지어 몇천 년 동안 비바람을 맞으면서 여전히 의연한 자태로 세상 만물의 변화를 냉정하게 바라보고 있다는 생각을 하며 나는 심호흡을 하였다. 욕망도 욕심도 내려놓고 그들은 몇천 년 세월의 흐름 속에 강철과 같은 몸과 마음을 닦아왔다. 그들은 시종일관 굳은 의지로 햇빛의 유혹, 세월의 침식, 비바람의 강타를 이겨 내면서 차근차근 지금 이 아름다운 자연 경관을 이루고 있는 것이다. 만약에 인간이 이 돌들처럼 자신을 들여다보며 자아계발을 중시하고 '무욕무구(無欲無求)'의 경지에 이르게 되었다면, 인간 사회가 지금처럼 만신창이 모습은 되지 않았을 것이다.

생각의 열차를 타고 사유의 세계 속에서 제멋대로 날아다니던 나는 시간이 가는 줄도 몰랐다. 아이들이 동굴 속에서 뛰어 나와 배고프다고 할 때에야 시계를 보니 벌써 열두 시였

노산국가삼림공원

다. 우리는 넓은 돌 위에 올라 앉아 나뭇잎 사이로 스쳐오는 선선한 산바람을 맞으면서 빵으로 점심을 때웠다.

삼십 분이나 쉬었다가 우리는 승운봉을 등반하기 시작하였다. 만석미궁까지 평이하게 기어오르는 산길보다 승운봉까지 가는 길은 험하고 가팔랐다. 만석미궁에서 대부분의 체력을 소모한 아이들은 올라가는 도중에 이미 지쳐 있었으나 쉬다가 가다가 힘내면서 겨우 산꼭대기로 올라갈 수 있었다. 승운봉 정상에 올라오고 보니 기분이 상쾌해져서 저도 모르게

그대라서 좋다, 토닥토닥 함께

'야호'를 외쳤다. 피로가 풀린 듯 아이들도 나를 따라 하늘을 향해 '야호'를 큰 소리로 신나게 외쳤다. 다시 돌아온 메아리를 듣자 아이들은 너무나 재미있어했다. 나는 산꼭대기의 주변을 바라보았다. 내 눈으로 들어온 모든 것들이 자연의 위력과 신비함을 담고 있는 것 같았다. 겹겹이 늘어서 있는 산봉우리들, 멀리서 산 중턱을 에워싼 흰 구름과 출렁거리는 솔바람 소리는 세상을 더 넓게, 더 맑게, 더 깊게 만들어주었다. 이 광활한 천지 앞에서 인간은 미미한 존재로 보였다.

　우리는 정상에서 세 시 반까지 쉬었다가 산에서 내려와 집으로 돌아왔다. 모처럼 행복한 나들이였다.

Kim Dong Sung

김 동 성

완벽한 변신

살려주세요!

카네기홀 아이작스턴 오디토리움에 서다

김동성

경남 남해에서 태어나 아름다운 바다를 보며 꿈을 키웠고, 부산에서 성장하였다. 동국대학교 국어교육과를 졸업하고, 서울시 공립고등학교에서 39년 동안 국어, 문학을 가르치며 많은 제자들을 키워내었다. 같은 대학원에서 김은국의 소설을 연구한 「殉教者(The Martyred)'에 나타난 救援의 美學」으로 석사학위, 가천대학교 대학원에서 「김소진 소설 연구」로 박사학위를 받았다. 현재에는 세명대에서 현대문학, 글쓰기를 강의하고 있으며, 원프로젝트 남성합창단 단원으로 활동하고 있다.

완벽한 변신

중국과 수교를 맺기 전부터 그는 초대 중공 대사가 되겠다고 입버릇처럼 말했다. 그래서 그는 중문학과에 입학했다. 그가 대학을 졸업한 후에는 국내 몇 안 되는 화장품 회사의 지방 영업사원으로 입사했다는 소식을 듣고 놀랐다. 주로 여성들을 상대해야 하는 화장품 회사가, 억세고 강한 외모, 불같은 성격, 대쪽 성품을 지닌 그에게는 아무리 생각해도 어울리지 않았다. 아니나 다를까 몇 개월이 지나지 않아 그는 지방에서 서울로 쫓겨왔다. 지사장이 영업 실적 문제로 부당하게 계속 압력을 가하기에 술 한잔 먹고 손을 좀 봐주었더니, 바로 다음 날 꼬리표를 달아서 서울 본사로 발령을 내었다는 것이다. "내가 얼마나 서울로 가고 싶었는데, 그 녀석이 길을 열어주었어"라며 그는 호기롭게 무용담을 늘어놓았다. 37년 전의 일이다. 서울 본사에서는 자리도 주지 않고, 온갖 궂은일을 시켰다. 나가라는 뜻이었다. 지은 죄가 있는 그는 배짱과 뚝심으로 석 달을 버텨서 인사부 말석에 정식 발령을 받았다. 열심히 일해서 인정을 받았고, 인사과장이 되었으며, 핵심부서의 부장으로 승진하였다. 회사 차원의 전국 지도자 대회나 판촉 격려 행사가 있는 날이면 한복에 검정색 두루마기를 입고 판소리 〈춘향가〉 한 소절을 뽑기도 했다. 회사에서는 회장을 비롯하여 그를 모르는 사람이 없었다. 그사이 결혼도 하고 아들 둘을 두었다.

그는 나보다 결혼을 1년 늦게 했다. 내가 결혼을 하자 한 번은 지방에서 나를 보러 왔다. 좁은 신혼집으로 모셨다. 서울 사람인 아내는 잘 이해를 못 했지만 고3 때에 한 방에서 뒹굴던 촌놈들의 우정이 결혼을 했다고 해서 금이 갈 수는 없다. 하루 이틀, 사흘째 되는 날, 퇴근을 하고 집에 와보니 그가 없었다. 어찌 된 일이냐고 아내에게 물었더니 아침 일찍부터 빨리 밥을 안 준다고 투덜거리며 갔다고 한다. 황당한 표정을 짓던 아내의 모습이 눈에 선하다. 그 후에 아내와 함께

청도 운문사 북대암에서 외무고시 공부를 하던 그를 만나러 가서 하룻밤을 암자에서 자고 온 적도 있다. 다정다감한 비구니 스님들의 융숭한 대접을 받았다. 군불 땐 뜨끈뜨끈한 방에서 듣는 산사의 밤바람 소리는 밤새도록 파도처럼 밀려왔다 밀려가곤 했다. 그와는 문학과 철학, 세상사를 이야기하고 이야기해도 끝이 없었다. 옹달샘에서 샘물이 끊임없이 솟아오르듯 대화의 샘이 끊어지지 않고 상승 작용이 일어나는 그런 상대를 만나면 행복해진다. 친구나 애인, 남편이나 아내도 그런 사람이면 보물을 얻은 것이다.

그는 일요일 아침에 일찍 일어나면 가끔 창문을 열고 『반야심경』을 외웠다. "마하반야바라밀다심경 관자재보살 행심반야바라밀다시 조견오온개공도 일체고액사리자 색불이공 공불이색 색즉시공공즉시색…… 아제아제바라아제 바라승아제 모지사바하." 그와 한 방을 쓰면서 하도 많이 들었기 때문에 지금까지 내 머릿속에 그 리듬까지 생생하게 남아 있는 『반야심경』 구절이다. 그의 독경 소리는 청아하고 울림이 아주 부드러워 깊은 산사의 스님이 외는 것과 같았다. 우리 방 창문 밖이 이웃집 대문이기 때문에 가끔 이웃집 아주머니가 독경 소리를 듣고 바가지에 쌀을 담아서 대문을 열기도 하였다. 45년 전, 고3 때의 일이다. 추운 겨울 밤늦도록 공부 하다가 가게에 나가서 먹던 부산 어묵, 함께 씹히던 간장 속 파 향기, 호호 불며 호로록거리며 마시던 어묵 국물같이 우리의 인연은 향기를 더하며 깊어지고 뜨거워졌다. 하루는 방 바닥 틈새로 들어온 연탄가스에 중독되어 함께 하늘나라로 갈 뻔했다.

부장으로 승진한 지 얼마 안 되어서 그로부터 중국으로 간 다는 전화를 받았다. 중국과 수교를 맺은 지 1년쯤 지난 시기 인지라 중국지사 설립하는 일로 가는 줄 알았는데 그게 아니 었다.

"집사람과 아이들, 한 2년만 처가에 들어가 살라 하고 나 공부하러 가."

"무슨 공부를 서른여덟에 또 시작해?"

"아무리 생각해도 이 생활은 승산이 없어. 지금부터 내가 10년 이상을 사장, 회장 불알을 떠받들고 몸 바쳐 충성해도 잘돼야 겨우 상무나 전무 정도에서 그쳐. 그렇다고 돈을 많 이 번 것도 아니고. 그럴 바에는 중의학 공부를 해서 한의사가 되는 것이 차라리 낫겠어. 나이 들어서 하는 공부이니 진짜 열심히 할 것 같아"

"그래, 한번 해봐. 괜찮으면 나도 따라갈게."

그는 서른여덟 살에 중국으로 떠났다. 사람과 세상 보는 눈을 뜬 그는 중국에서 최고의 스승을 만나서 배우며 교유(交遊)하였다. 2년은 혼자서 중국 생활에 적응하다가 3년차부터 처자식들을 중국으로 불러들여 함께 살았다. 5년의 유학 생활을 마치고 한국에서 한의사를 하려던 그의 꿈은 산산조각이 났다. 한국 한의사들의 반대로 중국에서 딴 중의사 자격이 한국에서는 전혀 인정이 되지 않았다. 그래서 차선책으로 중의사 자격을 인정해주는 미국 뉴욕으로 날아갔다. 문제는 돈한 푼 없이 가족들을 데리고 중국에서 미국으로 바로 갔다는 사실이다. 3~4년 동안은 죽을 고생을 하며 살았다.

"너 자리 잡으면 나도 미국에 갈게. 나도 먹고살 수 있는 일이 있는지 잘 살펴봐."

"미국은 자리 잡고 살 곳은 못 돼. 한 번씩 여행 오는 것은 괜찮은데 살 곳은 못 돼. 네가 한국에서 누리는 삶을 여기서는 1/3도 누릴 수 없어. 오지 마!"

전화 너머로 느껴지는 그의 목소리는 팍팍하고 메말라 있었다. 가슴이 시리고 아팠다. 맨땅에 헤딩을 해서 아스팔트도 깰 것 같던 그의 기개와 배짱은 찾아볼 수 없었다. 그러던 그의 목소리가 세월이 흐름에 따라 조금씩 윤기가 나고 생기가 돌았다. 미국으로 간 지 7~8년이 지난 어느 날, 미국에서 전화가 왔다.

"김 선생! 미국 한 번 안 오나?"

오랜만에 들어보는 투박한 경상도 남자의 친근한 목소리였다. 자신감에 찬 그의 목소리를 들으니 정말 기뻤다.

"미국 한 번 가기가 그렇게 쉽나?"

"뭐가 그리 어렵노. 선생님이 방학 있겠다, 비행기표만 끊으면 올 수 있제."

"그렇긴 한데 항공료가 만만치 않아."

"엄살 부리지 말고, 표만 끊어서 오기만 해라. 내가 다 알아서 할게. 그렇게 망설이다가는 평생에 한 번 만나기 쉽지 않아."

이 말을 들으니 정말 그렇겠구나 하는 생각이 들었다. 그를 만난 지도 거의 10년이 되었다.

"그런데 조건이 있다. 항공료가 비싸니 한 번 가면 방학 기간 내내 한 40일은 미국에 있어야 해."

"그래, 알았다. 2층 방 비워놓을 테니 둘이 같이 와라."

"그래! 알았다."

통화를 마치고 즉시 여행사를 알아보고 미 동부 캐나다 일정으로 된 8박 9일의 패키지 여행 상품에 예약했다. 그리고 돌아오는 항공편을 20일 정도 연기하였다. 16년 전, 2004년 겨울이었다.

친구 덕분에 2005년 새해를 나이아가라 폭포의 천둥 소리를 들으며 맞이하였다. 1월 4일 패키지 여행 일정을 그가 사는 뉴욕 플러싱에서 마쳤다. 그의 집은 숲과 잔디밭으로 이루어진 조용한 동네에 2층으로 된 미국식 주택으로, 1층은 한의원, 2층은 살림집의 형태를 이루고 있고, 한쪽 공간에는 불상이 모셔져 있었다. 1층 병원은 정말 깨끗하고 품위 있게 잘 꾸며져 있었다. 흐뭇했다. 여기까지 오느라고 정말 고생했겠구나. 호텔처럼 하얀 침대 이불이 깔린 넓은 방이 우리의 숙소가 되었고, 편안하고 행복한 마음으로 20일간 꿈같은 뉴욕 생활을 하였다. 주중에는 구겐하임 미술관, 메트로폴리탄 미술관, 센트럴파크 등 맨해튼 구경을 다녔고, 그가 쉬는 주말에는 우드베리 아울렛 등 외곽으로 다니면서 쇼핑도 하며, 맛있는 음식도 많이 먹었다. 그가 처방해서 달여준 보약을 먹으며 최고의 호사를 누렸다. 그동안의 고생담을 아픈 마음으로 들으며 10년 동안 쌓인 회포를 풀었다.

그 후. 아들 둘도 잘 자라 명문 대학을 졸업했고, 그도 학문을 계속해 중국에서 박사학위를 받았으며, 뉴욕 최고의 명의가 되었다. 그의 선친께서는 진주에서 이름을 떨치던 명의였는데 그 DNA가 혈관 깊숙이 흐르고 있었던 것이다. 뉴욕 의약 분과 평통 자문위원이 되어 한국에 오기도 하고 생활이 안정되면서 만나는 횟수도 조금 잦아졌다. 오래전에 존경하던 중문과 교수님이 하버드대 연구교수로 와 있다는 소식을 듣고, 만나서 식사도 대접하고 보약을 한 제 지어드렸다고 했다.

"평생 많은 제자가 있었지만 자네처럼 이렇게 완벽하게 성공적으로 변신한 제자는 처음일세. 자네가 아주 자랑스럽네."라며 매우 기뻐하셨다고 했다.

2년 전, 내가 활동하는 합창단이 뉴욕 카네기홀에서 연주회가 있을 때에도 그들 부부가 와서 누구보다도 큰 박수로 응원을 해주었다. 멀리 떨어져 있지만 세상이 좋아져서 지척에

그대라서 좋다. 토닥토닥 함께

있는 것처럼 느끼면서 산다. 그가 있어서 든든하고 행복하다.

　"퇴직하면 미국에 자주 와! 둘이서 유럽이나 남미 여행도 좀 다니게."

　"그래! 알았어."

살려주세요!

구정 전날인 1월 24일 두 딸과 우리 부부는 남산 아래에 있는 A호텔에 투숙을 했다. 어깨를 다쳐 고생하는 아내를 위해서 딸들이 이번 설에는 아무것도 하지 말고 2박 3일 동안 편히 쉬라며 예약을 했다. 설날을 호텔에서 보낸다는 것은 상상도 못 했던 일이다. 결혼 후, 35년 동안 명절 때마다 남해에 계신 어머니를 뵈러 천 리 길을 달려가곤 했었는데, 2년 전에 그 어머니가 돌아가셨다. 그래서 딸들이 이번에는 진짜로 편히 쉬라며 호텔 이벤트를 마련했다. 피트니스센터에서 운동하고, 사우나도 즐기며, 맛있는 음식에 와인을 마시며 서울 야경을 감상했다. 다른 세상에서 처음으로 맛보는 설날의 평안과 행복을 느끼며 잠자리에 들었다.

그대라서 좋다, 토닥토닥 함께

그런데 26일 새벽 매캐한 냄새에 잠을 깼다. 4시 57분. "이게 뭐지!"라는 생각과 동시에 밤새 켜놓은 화장실 전등이 꺼져 있다는 사실을 확인한 순간, 머리카락이 쭈뼛 섰다. "불이 났구나!"라며 벌떡 일어났다. 아내에게 "불났어. 빨리빨리!"라는 말과 동시에 혼이 나간 듯이 맨발로 복도 반대쪽에 있는 딸의 방으로 달려갔다. "불이야! 불났어!"라며 딸의 방문을 두들겼다. 깜깜한 복도는 이미 맹독성 연기로 가득 차 있었고, 호텔은 적막했다. 죽음의 공포가 엄습했다.

잠결에 혼비백산한 딸들은 잠옷 바람으로 휴대폰만 들고 우리 방으로 피신했다. 방에서 숨을 쉬기가 힘들어졌다. 수건에 물을 묻혀 방문 틈을 막았으나 연기가 생각보다 빠른 속도로 스며들었다. 두 딸이 각각 119에 화재 신고를 하며 "살려주세요! 살려주세요!"라고 외치는 소리가 고막을 울렸다. 수건에 물을 적셔 코와 입을 막고 창문 쪽으로 모여 쪽창을 열고 맑은 공기를 마시려고 했다. 그러나 연기 들어오는 속도가 워낙 빨라서 금방 죽을 것 같았다. "살려주세요!"라고 외치는 소리가 먼 나라에서 들려오는 것처럼 아련해졌다. 그 순간에 정신이 또렷해지고 마음이 바닥까지 가라앉았다. 그리고 간절하게 기도하였다.

"하나님! 살려주세요, 살려주세요, 살려주세요."

창가에서 바깥을 내려다보니 주차장 근처에는 이미 많은 사람들이 흰 가운을 걸치고 서 있었고, 붉은 경광등이 번쩍거리고 있었다. "저 사람들은 언제 저렇게 대피했지? 우리만 모르고 피신을 못했나 봐." 아내가 절망적인 목소리로 몇 번이나 반복하며 말했다. 방문을 두 번이나 열어보았지만 인기척조차 전혀 없는 냉랭한 정적과 연기만 가득했다. 분명 호텔이 만실(滿室)이라고 했는데 우리 가족을 제외한 어느 누구도 보이지 않았다. 다시 작은딸의 전화가 119에 연결되었다. "제발 이 전화 끊지 마세요"라며 간청을 했다.

"몇 층이에요?"

"1606호요."

비상구를 찾아서 옥상으로 올라가라는 안내를 받았다. 복도 끝의 'EXIT' 불빛을 발견하고 그 문을 열고 들어갔다. 비상계단으로 들어서자 복도보다는 숨쉬기가 한결 수월해서 살 것 같았다. 위층으로 올라갔지만 막혀 있었고, 옥상으로 올라가는 계단도 없었다. 17층 복도로 통하는 문을 열려고 했지만 잠겨 있었다. 다시 한번 절망했다. 그러는 사이 비상계단 역시 아래층에서 올라오는 독한 연기로 가득 찼다. 큰딸의

그대라서 좋다. 토닥토닥 함께

전화가 다시 119에 연결되었다.

"옥상으로 통하는 비상구가 막혀 있어요. 살려주세요!"

"16층과 17층 비상계단에 고립되어 있으니 빨리 구조해주세요."

그리고 시간이 한동안 정지되었다. 아래층에서 '쿵쿵' 하는 발자국 소리와 함께 유리창 깨는 소리가 들렸다. "살려주세요! 여기예요!"를 반복적으로 외치자 방독마스크를 쓴 소방관 세 분이 올라왔다. 얼마 후, 119 앰뷸런스를 타고 B병원 응급실에 모두 입원을 하였다.

이 화재 사고로 오랜 시간 트라우마를 겪었다. 한동안 두통에 시달렸고, 목에서는 타는 연기 냄새가 계속 올라왔으며, 가래에는 새까만 재가 묻어 나왔다. 자다가도 소방차 사이렌 소리, 타는 냄새로 한밤중에 일어나 사방을 살피기도 하고, 불길 속에서 탈출하는 악몽을 반복해서 꾸기도 했다. 가족 모두 6개월 넘도록 치료를 받고 이제는 많이 회복되었다.

육십 평생을 살아오면서 하나님께 '살려주세요!'라고 간절하게 기도를 한 적이 세 번 있다. 20년 전, 머리 수술을 하고 퇴원한 후에 견딜 수 없을 정도의 두통과 악몽으로 보름 이상 고통을 당할 때가 첫 번째요, 14년 전, 아내가 원인을 알 수 없는 병으로 먹지도, 자지도 못하고 통증으로 죽음의 문턱을 넘나들 때가 두 번째요, 이번이 세 번째다. 네 가족의 운명이 찰나에 바뀔 뻔했다. 사람들은 평상시에 죽음이 우리와는 아직 먼 거리에 있다고 생각한다. 그러나 죽음은 우리의 삶 속에 늘 함께 있다는 사실을 이번에 생생하게 체험했다. 사람이 한순간에 정말 쉽게 죽을 수 있다고 느꼈다. 삶과 공존하는 죽음에 대해 늘 인식하고 대비하면서 살아야 하는데 우리가 사는 세상은 그렇지 못했다. 5성급 호텔에서 가장 기본적인 화재 경보 장치나 스프링클러 같은 안전장치가 전혀 작동되지 않았다. 위기 상황에서 호텔 직원들의 도움은커녕 직원 한 명도 볼 수 없었고, 사지(死地)에서 각자도생(各自圖生)해야만 했다. 그래서 우리 사회에는 죽지 않아도 될 억울한 죽음이 왜 많은지도 알았다. 우리 가족이 살아난 것은 기적이었다. 불이 조금만 위층으로 옮겨 붙었다면, 소방서가 호텔에서 1~2분 거리에 있지 않았다면, 아마도 이 세상에 존재하지 않았을 것이다. 지금도 맹독성 연기 속의 그 냉랭하고 적막했던 죽음의 얼굴을 생각하면 전율이 느껴진다.

　세 번의 고비에서 우여곡절을 겪었지만 이렇게 하루를 사는 것 또한 기적이다. 이제는 늘 그 기적에 감사하며 살아간다. 사소한 일에 마음 상하거나 화내지 말고, 좀 더 너그러운 마음으로 살아야지 하고 다짐한다. 인생을 살아오면서 지금까지 신에게 '살려주세요!'라며 한 번도 기도를 해보지 않은 사람은 축복받은 사람이다. 무수한 죽음의 상황과 한 번도 마주하지 않았다는 것 역시 기적이다. 지금까지 어렵고 힘든 가운데에도 자신의 꿈을 하나하나 이루어가며 살아갈 수 있다는 것은 하늘의 복을 타고난 사람들이다. 그런 복을 많은 사람이 누리길 기원해 본다.

딸들이 놀이공원에 가자고 한다. 동물원에서 좋아하는 동물들도 구경하고, 깊어가는 가을 단풍도 즐기자고 한다.

"아빠! 할로윈 축제도 열린대요."

"그래, 가야지! 지금이 가장 소중하니까."

카네기홀 아이작스턴 오디토리움에 서다

　　　　　　　　　　남성합창단에 입단한 것은 인생에
서 두 번째로 잘한 일이다. 고등학교 시절, 정규 교육과정에
있던 음악시간이 교가(校歌) 두 시간을 배운 뒤에 사라져버렸
다. 예술적 감수성이 예민한 학창 시절에 배웠더라면, 평생
행복한 마음으로 웅얼거릴 수 있는 독일, 이태리 가곡은 물론
우리 민요나 가곡을 배울 기회를 근원적으로 박탈당한 것이
늘 억울했다. 그래서 언젠가는 〈O sole mio〉를 이태리어로,
〈선구자〉와 〈경복궁 타령〉을 제대로 배워서 불러보리라는 소
망을 품고 살았다. 배우지 못한 노래에 대한 목마름이 가슴속
에 남아 있었다. 인생의 이모작을 생각하며 은퇴를 5년 정도
남겨둔 어느 날, 선배로부터 자신이 활동하고 있는 아마추어

　　　　　　　　　　　그대라서 좋다. 토닥토닥 함께

남성합창단에서 같이 활동하자는 제안을 받았다. 활동을 하고 싶었지만 오디션을 거쳐야 한다는 말에 바로 꼬리를 내렸다. 중학교 졸업 후에는 제대로 음악 교육을 받은 적이 없는데 지휘자 앞에서 다양한 파트로 노래를 부른다는 것은 두려움 그 자체였다.

그리고 1년이 지났다. 더 이상 미루면 영원히 기회가 사라질 것이라는 선배의 말에 용기를 내어 오디션을 보았다. 지휘자와 반주자가 있는 곳에서 조용히 오디션을 본다고 했는데, 그날따라 모든 단원들이 지켜보는 가운데 노래를 불렀다. 박수 소리를 듣고 제정신으로 돌아왔다. 베이스 파트로 배정받았다. 봄비가 내리는 4월에 그동안 꿈꾸었던 합창단원이 되었다. 입단하던 날, 베르디 오페라 〈나부코〉 중 〈히브리 노예들의 합창〉을 배웠다. 60여 명 되는 남성 4중 합창의 웅장하고 애절한 화음에 매료되었고, 나는 어느새 아름다운 고국을 그리워하며, 자유와 구원을 갈망하는 히브리 노예가 되어 있었다. 노래를 부르는 시간이 황홀하고 행복했다.

그날 이후, 4년 동안 많은 무대에 섰다. 예전에는 상상조차 할 수 없었던 일이다. 호스피스 병원의 말기암 환우들을 위한

카네기홀 아이작스턴 오디토리움

사랑의 콘서트가 나의 데뷔 무대였다. 환우들은 대부분 3개월 이내의 시한부 생명을 선고받은 분들이었다. 숙연한 마음으로 노래를 부르는 동안 밝은 미소를 띠며 행복해하시는 분, 시종일관 눈물을 훔치시는 분들을 보면서 희열과 슬픔이 교차했다. 소외되고 어려운 이웃들에게 진솔하고 아름다운 노래로 진정한 위로를 주고, 따뜻하고 푸른 세상을 만들어 가는 것이 합창단의 설립 목적이라는 사실을 첫 무대에서 온몸으로 느꼈다. KBS홀에서 열렸던 제2회 정기연주회는 많은 연습과 개개인의 노력이 요구되었다. 동요, 가곡, 민요, 성가곡,

그대라서 좋다, 토닥토닥 함께

오페라 합창곡, 음악극인 오펠리아 등 다양한 장르의 노래를 모두 암송하기 위해 녹슬어가는 뇌를 쉼 없이 자극하였다. 도저히 외울 수 없을 것 같았던 많은 악보가 연주회 날이 다가오자 거의 다 외워졌다. 악보를 모두 외워야 지휘자의 표정과 동작에 민감하게 반응하여 최고의 하모니를 이룰 수 있기 때문이다. 노래는 듣는 사람에게 감동을 주기 이전에 노래하는 자신에게 더 큰 위로와 기쁨을 선사한다는 사실을 깨달았다.

그 후에도 재소자들을 위한 희망의 콘서트, 전방 부대 군인들을 위한 위문 공연, 소외된 지역 어린이를 위한 꿈의 콘서트, 세계적 수준의 첨단 음향시설과 무대장치를 갖춘 롯데콘서트홀에서 열렸던 제3회 정기연주회, 그리고 뮤지션들의 꿈의 무대인 카네기홀의 메인홀인 아이작스턴 오디토리움에 서는 행운이 나에게 찾아왔다. 입단한 지 2년 6개월 만이었다.

뉴욕기독교방송(CBSN)이 주관하는 〈2018 Global Choir Concert〉에 우리 합창단이 초청을 받았다. 2018년 9월 23일(일) 뉴욕 카네기홀에 선다는 사실에 단원들은 흥분하였고, 10개월 정도 열심히 준비하였다. 이를 계기로 뉴욕 공연 및 미 동부, 캐나다 10박 12일의 연주 여행이 기획되었고, 가족 동반도 가능하게 되었다. 환갑을 맞이한 아내에게도 의미 있는 선물이 될 수 있을 것 같아서 기뻤다. 본진 80명은 공연 4일 전에 캐나다 토론토를 경유하여 워싱턴, 뉴욕으로 가는 여정이었지만, 2진이었던 나는 2일 전에 뉴욕 케네디 공항으로 바로 들어갔다. 다음 날 유람선을 타고 허드슨강에서 바라본 맨해튼의 마천루와 청명한 하늘의 조화는 장관이었고, 맨해튼 자체가 인간이 빚어낸 위대한 예술품이었다. 오후에는 9개의 초청팀이 모여 시차 적응의 피곤함도 잊은 채 다음 날 있을 연주회의 리허설을 완벽하게 소화했다.

연주회 날은 새벽부터 분주했다. 7시에 연주회 복장을 하고 호텔 잔디밭에 모여 무대 대형 연습을 반복했다. 온화함과 카리스마를 겸비한 지휘자의 눈빛이 달라지기 시작했다. 오전에는 뉴욕 한인교회에서 한 시간 프로그램으로 1차 연주회를 하고, 오후 3시에 카네기홀에서 리허설, 8시에 본연주회가 예정되어 있었다. 이민 사회에서 교회는 삶의 중심이다. 교민들에게 가장 민감한 이민법에 대한 정보, 단시간에 영주권, 시민권을 얻을 수 있는 방법, 생존에 필요한 정보 등이 유통되고, 고국에 대한 향수를 달랠 수 있는 유일한 친교의 장이 교회이다. 기대에 찬 교민들의 눈빛을 느끼며 정성껏 준비

그대라서 좋다, 토닥토닥 함께

한 노래로 화답했다. 이민생활의 고달픔과 향수를 조금이나마 달래기를 바랐다. 〈선구자〉〈경복궁 타령〉을 부를 때는 가슴이 더 뭉클했다. 맨해튼은 평소에도 교통 정체가 심한 곳인데 이날은 교통지옥이었다. UN 총회에 참석하기 위해 각국 정상들이 모여들었고 경계도 삼엄했다. 빌딩으로 돌진하는 폭탄 테러를 막기 위해 15톤이 넘는 대형트럭이 트럼프타워 전체를 완전히 에워싸고 있는 진풍경도 구경하면서 카네기홀에 도착했다.

무대 뒤쪽 연주자 대기실 벽에는 이곳에서 연주했던 세계적인 음악가들의 포스터가 카네기홀의 127년 역사를 보여주고 있었다. 무대를 살펴보니 6~70대로 보이는 스태프들이 무대 장치를 점검하고 연주회 준비를 하는 모습이 매우 인상적이었다. 웅장하고 화려한 홀의 전경이 입체적으로 한눈에 들어왔다. 하층의 붉은색과 상층의 금은색이 조화를 이루며 고전적인 멋을 드러내고 있었다. 무대에서 사진을 찍을 수 없다고 했지만 인생샷을 남길 수 있는 유일한 기회라고 생각하여 번개처럼 몇 장을 찍었다. 본연주회 전에 왜 리허설이 필요한지를 나이 든 스태프들의 움직임을 보면서 확실하게 알게 되었다. 한 팀의 연주가 끝나면 짧은 시간 안에 의자, 악기, 보면대의 위치와 무대 장치의 이동 등이 조직적이고 체계적으로 이루어졌다. 놀라웠다. 여기에서 일하는 직원들은 모두가 음악의 각 분야에서 최고의 실력과 권위를 지닌 분들이라고 했다.

다른 합창단들은 모두 성가곡을 불렀지만 우리 합창단은 '합창을 위주로 하는 Story가 있는 음악극'인 '오펠리아'를 무대에 올렸다. 뉴욕에서의 공연을 예견이나 한 것처럼 뉴욕을 배경으로 한 음악극이었다. 1930년대 경제 대공황 시기에 공정한 재판관으로 유명했던 라과디아 판사가 빵을 훔쳐 먹은 노인에게 당시에는 큰돈이었던 벌금 10불을 선고하고, 그 벌금을 자기가 대신 내겠다고 했다. 그 이유는 가난하고 힘들게 사는 사람들이 많은데 자기만 좋은 음식을 많이 먹어서 죄가 많다고 하며 노인 앞에서 참회한다는 이야기로 구성된 음악극이다. 라과디아 판사는 뉴욕 시장을 12년간 세 번이나 역임하였고, 그의 이름을 딴 라과디아 공항도 뉴욕에 있다. 〈그 벌금 10불입니다〉는 권위 있는 작곡가인 우리 합창단의 지휘자께서 몇 년 전에 심혈을 기울여 만든 '오펠리아'이다. 국내에서도 몇 차례 공연을 하여 관객들에게 뜨거운 감동을 주고,

최고의 찬사를 받았는데 본고장인 뉴욕 카네기홀에서 〈그 벌금 10불입니다〉를 공연할 줄은 상상도 못했다. 무대는 즉결재판정으로 꾸며졌고, 합창곡 〈즉결재판〉으로 시작하여 〈라과디아〉로 끝났다. 가장 중요한 재판장 역할을 맡은 솔리스트가 조금 전까지 장염으로 기진맥진하였는데 무대에 오르자 엄격하고 인간적인 재판관으로 살아났다. 최고의 무대였고, 영광이었다. 환호와 박수 소리가 지금도 귀에 쟁쟁하다.

각양각색의 소리가 다듬어져서 화음을 이루며 아름다운 소리로 재탄생되는 것이 합창이다. 자기를 드러내지 말아야 하며, 다양한 소리 속에 자연스럽게 묻혀 조화를 이루어야 아름다운 소리가 된다. 합창단의 연주 여행은 원하는 곳이면 어디에서나 함께 노래하고 즐길 수 있어서 참 좋았다.

이번 여행에서는 아름다운 자연 속에서 노래를 마음껏 부를 수 있는 복을 제대로 누렸다. 54명의 단원들이 부르면 그곳이 바로 버스킹 장소가 되었다. 캐나다 킹스턴 락포트에서 크루즈선을 타고 세인트로렌스강 위의 천섬(Thousand Islands)의 별장 지대를 유람하면서 선상에서 〈O sole mio〉와 〈사노라면〉을 불렀다. "살다 보면 보고 싶어 미칠 때가 있습니다. 우그러나 오래가지 않습니다. 살다 보면 꼴도 보기 싫을 때가

플로럴 클락

있습니다. 우~ 그러나 오래가지 않습니다." 아름다운 선율은 강바람을 타고 동화 마을 같은 천섬의 별장 속으로 퍼져 나갔다. 그리고 경이롭고 장엄한 나이아가라 폭포의 기운을 받아, 10분 거리에 있는 세계 최대의 꽃시계, 플로럴 클락(Floral Clock)에서 불렀던 동요 〈겨울나무〉와 우리 합창단의 단가인 〈노래하자〉는 추억 속에 가장 아름다웠던 장면으로 영원히 남아 있을 것이다.

〈노래하자〉의 가사 중 "함께 모여 한소리로 노래하면 넘쳐오는 기쁨"이라는 구절을 부를 때에 3만 송이로 만들어진 꽃시계가 화답을 하듯 세 시의 종소리를 울려주었다. 종소리는

그대라서 좋다, 토닥토닥 함께

노래와 화음을 이루며 평화로운 공원으로 퍼져나갔다. 주변에 서 있던 외국인들이 'Wonderful! Bravo!'라며 박수를 쳤다. 원프로젝트 남성합창단이 자랑스러웠다.

Kim Hyoun Ah

김 현 아

냉이꽃

긴 터널에도 출구가 있듯

아버지의 손을 잡다

김현아

서울에서 출생하였다. 학창 시절에는 시 쓰기와 소설 읽기를 좋아하였다. 기독교 교육학을 전공하다가 평소 좋아하던 국문학을 깊이 배워보고 싶어 가천대학교 한국어문학과로 편입하였다. 현재는 같은 대학원에서 박사 과정 중에 있다.

냉이꽃

습한 공기가 코 안을 가득 메우면서 숨이 턱 막히기 시작했다. 이제야 나는 비로소 대만에 왔음을 실감하였다. 이전에도 대만에 서너 번 정도 여행 왔었는데, 그때와 사뭇 다른 공기였다. 그동안 길어봐야 2주 정도 다른 나라를 여행해본 것이 전부였는데, 이모의 도움으로 대만에서 1년 정도 어학연수를 할 기회가 주어졌다. 낯선 나라에 산다는 것은 설레기도 하면서 두렵기도 한 일이었다. 머무는 곳이 이모네 집이고, 사촌 동생도 있으니 시작이 아주 낯선 것만은 아니었다.

이모부와 유명한 딤섬 집에서 식사를 하고, 집 주위를 혼자 산책도 해보았다. 하루 이틀이 지나고 심심해질 찰나에 사촌 동생이 교회 사람들을 소개시켜준다고 저녁 여섯 시까지 어디로 오라고 하였다. 길을 잘 모를 테니 거기서 기다리면 청년부 회장이 데리러 올 거라고 말하면서. 약속 장소에 나가서 조금 기다리니 대만에서 흔히 볼 수 있는 스쿠터를 타고 한 청년이 다가왔다. 습한 대만 날씨에 귀찮은 듯 짧게 잘라버린 머리와 시력이 몹시 나쁘다는 것을 누구나 알 수 있을 정도로 두꺼운 안경을 쓴 남자. 본인이 청년부 회장이라며 마치 이미 알고 지낸 사람처럼 대뜸 반말을 하는 게 아닌가. 통성명도 하지 않은 첫 만남에 반말이라 당황스러웠지만 나이가 있어 보이시니 그럴 수도 있겠다 싶었다. 그의 자연스러움에 반응하여 나 또한 익숙한 사람을 만나듯이 자연스럽게 오토바이 뒤에 올라탔다. 그가 주는 헬멧을 쓰고 그의 옷자락을 움켜쥐었다. 마침 나도 약속이나 한 것처럼 스쿠터에 어울리는 까만 라이더 재킷을 입고 있었다. 그는 까만 라이더 재킷을 입고 있던 내 첫인상이 강렬했다고 한다. 나 또한 그의 첫인상이 여전히 뇌리에 박혀 있다. 아니 어쩌면, 어느 만남에서나 쉽게 일어날 법한 그림일 텐데 우리가 첫 만남을 자주 회상하다 보니 그럴지도 모르겠다. 그날 처음 먹어보았던 향신료 가득한 마라 훠궈의 맛은 전혀 기억이 안 나고 스쿠터 탄 그 사

그대라서 좋다. 토닥토닥 함께

람 얼굴만 두고두고 기억났다.

이후로 우리는 교회 청년부 안에서 함께 일하면서 무척이나 갈등하고 부딪혔다. 나이 차이가 꽤 나는 관계였는데도 그것에 아랑곳하지 않고 싸웠다. 나중에 친구들에게 들은 얘기지만 우리 둘이 마주치면 옆에 있는 사람들이 '저렇게까지 안 맞는 사람들은 처음이야. 세상에 저 둘만 남겨져도 서로 원수처럼 지낼 거야.'라고 생각할 정도였다고 한다. 미운 정이 얼마나 무서운지 가랑비에 옷 젖듯 우리는 알게 모르게 서로에게 물들어가고 있었다. 어학연수를 끝내고 한국에 돌아오기까지 한 달 정도 남았을 때, 그는 나에게 만나자고 말했다. 고작 23세이기도 했고, 아쉬울 게 없었던 나는 '뭐 만나다 헤어지면 그만이지' 하며 쉽게 응했다. 가볍게 던진 이야기인 줄 알았는데, 그는 그때부터 오랫동안 다니던 회사를 정리하고 한국으로 올 준비를 시작했다.

우리는 뜨겁게 사랑했고, 누구보다 열심히 갈등했다. 연애하기 전에만 다투는 줄 알았더니, 연애를 시작하고서도 수많은 이유들로 싸우고 화해하기를 반복했다. 그러나 누구도 먼저 헤어지자는 말을 꺼내지는 않았다. 그렇게 3년이라는 시간이 지나갔다. 무슨 일이었는지 몰라도 심각하게 싸우고 나서, 내가 처음으로 우리는 도저히 맞지 않는 것 같다고 시간을 좀 가져보자고 선포했다. 헤어지기는커녕 시간을 가져보는 일도 처음이었던 우리 사이에 그런 말을 하는 것은 꽤나 큰 파동이 있을 법한 일이었다.

시간을 갖기로 하고 3일 정도가 지났을 때였나, 그에게서 연락이 왔다. 얼굴 보고 이야기하자고. 밑에 와 있으니 내려오라고. 옷만 대충 걸친 채 세수도 안 하고 내려갔다. 우리는 한적한 공원에 가서 이야기를 나누기로 하고 자리를 옮겼다. 창문에 부딪히는 바람 소리만이 들릴 뿐이었다. 한참 만에 적막을 깼던 건 그도, 나도 아니었고, 그가 차에서 내리며 닫았던 문의 둔탁한 소리였다. 나는 풀리지 않는 마음으로 여전히 불편하게 차에 앉아 있었다. 어떤 말부터 먼저 꺼내야 하나, 이 사람은 날 두고 어디 간 걸까, 오늘 우리는 헤어지게 되는 걸까. 수많은 생각들이 머릿속을 스쳐 지나갈 때, 차 밖에서 전주와 함께 노래가 들리기 시작했다.

그림 같은 집이 뭐 별거겠어요
어느 곳이든 그대가 있다면 그게 그림이죠
빛나는 하루가 뭐 별거겠어요

그대라서 좋다. 토닥토닥 함께

어떤 하루든 그대 함께라면 뭐가 필요하죠

뻔한 러브스토리의 결말이지만, 그날 나는 프러포즈를 받았다. 차에서 내려 보니 싱그러운 향기가 코끝을 스쳐 지나갔다. 트렁크에 냉이꽃이 가득히 수를 놓고 있었다. 싱긋한 꽃내음으로 가득했던 공기와 트렁크 속에서 은은하게 펼쳐졌던 꽃 세상과 귓가에 울려 퍼지는 노랫소리로 힘들었던 마음이 사르르 녹아내렸다. 3년 전 그때처럼 나는 흔쾌히 Yes!를 외쳤다. '당신에게 내 모든 것을 드립니다'라는 냉이꽃의 꽃말과 함께 결혼을 고백했던 그는, 그의 모든 것으로 나에게 사랑을 말하고 있었다. 화려하진 않지만 짙고 은은하게 퍼졌던 냉이꽃의 향기처럼 우리는 함께 지나왔던 시간들 속에 서로를 향해 진하게 스며들고 있었다.

긴 터널에도 출구가 있듯

끝날 듯 끝나지 않는 사회적 거리 두기 시간들이 길게 이어지고 있다. 누구를 만나러 나가기조차 두려운 상황들의 연속이다. 언제쯤 마스크를 벗고 사람들과 만나 대화할 수 있을까. 내 아이는 내가 경험했던 넓은 세계를 만나볼 수 있을까.

아기는 이제 막 기어 다니기 시작해 활동량이 많아졌다. 계속된 비로 우중충한 날씨가 이어지다, 가까스로 해가 나기 시작한 날이었다. 집에서 아기와 똑같은 일상을 보내는 것이 답답했었는데 오랜만에 날씨가 좋아서, 아기를 안고 집 앞 탄천을 산책하고 돌아왔다. 더운 여름에 열도 많은 아기와 내가 아기 띠로 꼭 붙어 있으려니 땀이 턱밑까지 흘러내렸다. 아파

그대라서 좋다, 토닥토닥 함께

트 엘리베이터를 기다리는데 머리부터 발끝까지 꽁꽁 싸맨 여자가 내 옆에 섰다. 보기만 해도 더울 정도로 두꺼운 외투를 입고 마스크는 눈만 간신히 보일 정도로 올려 썼다. 한여름 날씨와는 전혀 어울리지 않는 모양새였다. 아기는 마스크를 쓰지 못하다 보니 엘리베이터나 실내에 낯선 사람과 있게 되면 한껏 경계하게 된다. 그런데 이상한 차림새를 한 사람이어서 더욱 경계하며 거리를 두기 위해 옆으로 움직였다. 내 불편한 시선을 아는지 모르는지 여자가 나에게 말을 걸었다.

"애기 몇 개월인가요?"

"이제 6개월 정도 됐어요."

"아, 정말요? 저는 애기 낳은 지 한 달 됐어요!"

아기 낳은 지 한 달 되었다는 말에 크고 높이 쌓아 올렸던 경계의 벽이 허물어졌다. 그녀는 산욕기여서 더운 여름에도 온몸을 꽁꽁 싸매고 있었던 것이다. 아기를 낳기 전에는 아기 엄마를 봐도 무관심하거나, 땀을 뻘뻘 흘리며 아기를 돌보는 모습을 봐도 '아, 힘들겠다'라는 마음이 전부였다. 이제는 나와 같은 아기 엄마들을 보면 동질감을 넘어서 마음속 깊은 곳에서 솟구치는 뜨거운 동지애를 느낀다. 특히 신생아 엄마라면 더더욱.

내 아기가 신생아였을 적에 나는 하루에도 감정이 수시로 오르락내리락했다. 작은 입을 오물오물거리면서 배냇짓 웃음을 지어주는 아기를 볼 때마다 행복했다. 그렇지만 두세 시간마다 우는 아기와 두세 시간마다 수유하지 않으면 뭉쳐버리는 가슴 때문에, 이틀에 네다섯 시간 자면 많이 잤다 할 정도로 잠이 부족했다. 자연히 피로가 쌓여 있었다. 또 처음으로 엄마가 되다 보니 아기가 왜 우는지, 뭐가 불편한지 잘 몰라 허둥지둥 밤을 꼬박 지새워가며 아기를 돌보았다. 모유 수유는 너무나 어려웠고, 하루가 멀다 하고 젖몸살이 찾아왔다. 그렇기 때문에 신생아 시기로 돌아가라고 하면 차라리 출산을 한 번 더 하겠다고 말할 정도로 나에게는 신생아 시기가 암흑과도 같았던 시기였다. 그런 시기를 지나고 있는 아기 엄마를 만나니 동지애가 느껴질 수밖에 없었다. 뜨겁게 흐르는 동지애를 마음속에 꾹꾹 눌러두고 "많이 힘드시죠"라는 말만 건넬 뿐이었다. 대화를 더 나누고 싶은 마음을 뒤로하고 우리는 서로 몇 층에 사는지 정도만 물은 채 헤어졌다.

그로부터 석 달 정도 시간이 흘렀을 때였다. 요새 자주 사용하는 애플리케이션 중에 '당신의 근처 마켓'이라는 앱이 있다. 동네에서 아기용품을 사고팔기가 용이해서 자주 애용하

그대라서 좋다. 토닥토닥 함께

는 앱이다. 아기와 함께 친구 집에 놀러 갈 일이 생겼는데 먼 길 가기 전에 필요한 물건이 있어서 당근마켓 앱에서 급하게 찾아보았다. 마침 우리 동네에서 찾던 물건이 올라와 있었다. 물건 받으러 아기 데리고 움직이기 힘들었는데 잘됐다 싶어 메시지를 보냈다. 찾으러 갈 테니 주소가 어떻게 되냐고 했더니, 나와 같은 아파트 같은 동이라고 했다. 석 달 전 엘리베이터 앞에서 만났던 그녀가 뇌리에 스쳐 지나갔다. 나도 같은 아파트라고 말하니 혹시 7층에 사시는 분이냐고 응답이 왔다. 15층의 그녀였다. 같은 아파트에 살면서 그동안 한 번도 마주친 적이 없어 기억 속에서 흐릿해지고 있었던 찰나였다. 그녀 역시 나를 오며 가며 한 번쯤은 만나보길 바랐는데 어떻게 이 정도로 못 만날 수가 있나 싶더라고 했다. 그래도 만날 사람은 어떻게든 다시 만나나 보다 하면서 우리는 무척 반가워했다.

다시 만난 그녀를 나는 집으로 초대했고, 그때 깊게 나누지 못했던 육아의 세계를 함께 날아다녔다. 엘리베이터 앞에서 내가 "힘드시죠"라고 어렵게 뱉어냈던 그 말이 당시 그녀에게 큰 힘이 되었다고 한다. '나만 힘든 것이 아니구나. 누구나 이런 시간을 지나오는구나' 하면서 목을 가누고 허리를 꼿꼿

이 세우고 나에게 안겨 있던 아이를 보면서 희망을 가졌다고 한다. 나 또한 신생아 시기를 지날 때 먼저 걸어왔던 육아 선배들의 말이 희망이 될 때가 있었다. '그냥 시간이 흐르다 보면 다 괜찮아져. 익숙해져' 말도 안 되는 소리 같다가도 그 말이 희망일 때가 있었다.

캄캄한 새벽, 모두가 잠든 밤에 아이를 안고 아파트에서 자동차들을 내려다보면서 우울감이 깊이 몰려올 때에 그 말들을 떠올려보았다. 이 코로나 시기 또한 그러하길 소망해본다. 암흑과도 같은 이 시기에 서로에게 건네는 말들이 희망이 되길 소망한다. '끝날 거야. 조금만 지나면 괜찮아질 거야.' 끝나지 않을 것 같은 긴 터널에도 빛이 스며드는 출구가 있듯, 우리의 시간 또한 그러하길.

그대라서 좋다, 토닥토닥 함께

아버지의 손을 잡다

내가 6학년 때부터였던 것 같다. 집도 차도 아무것도 없던 우리 가족은 남는 게 추억이라며 열심히 돈을 모아 방학이 되면 훌쩍 여행을 떠나곤 했다. 어렸을 때는 아버지가 모든 일정을 계획하고 우리를 데리고 다녔다. 우리가 성인이 되고 정보 찾는 속도가 부모님보다 빨라지면서 여행 계획 담당이 우리에게로 넘어왔다.

내가 대만에서 어학연수를 하던 때, 아버지가 혼자 대만으로 여행을 오겠다고 하셨다. 동생은 고3이었고 엄마는 동생을 챙겨줘야 해서 함께 못 오게 되었다고. 아버지와 단둘이 여행이라니. 둘만 여행하는 것을 예상해보니 사뭇 어색하고 긴장되었다. 우리 아버지는 무척 자상하고 가정적인 아버지이다. 그런 아버지여도 단둘이서만 여행하는 것은 왜인지 어색하고 마음 한 자락이 조금 불편했다. 한편으로 설렘도 있었다. 이미 여러 차례 친구들이 다녀간 터라, 나에겐 관광객들이 주로 다니는 여행 루트가 있었다. 친구들은 돈이 별로 없는 학생일뿐더러 우리 사이에서는 SNS에서 유명한 장소, 소위 '핫플'이라는 곳에 꼭 가야만 하는 암묵적인 룰이 있었다. 또 여러 친구들의 입맛을 한 번에 잡기 위해서 로컬 음식점보다 여기가 한국인지 대만인지 모를 정도로 한국인이 바글바글한 식당을 갔어야만 했다. 그렇지만 아버지는 다르다. 핫플을 가지 않아도 되고, 누구보다 아버지의 입맛을 잘 아니, 현지인들이 좋아하는 식당을 공략할 수 있다. 또 운전을 할 수 있으니 매일 오가는 타이베이 시내에서 벗어나 근교 여행을 해볼 수 있으리라. 부푼 마음을 가지고 여행을 계획했다.

아버지가 오셨고, 우리는 타이베이 시내부터 여행하기 시작했다. 그리고 내가 무척 좋아하는, 그리고 한국 사람들에게도 유명한 지우펀(九份), 스펀(十份)에 가기로 했다. 지우펀과 스펀까지 가는 길은 블로그에 잘 나와 있지만 꽤 험난한 편이다. 다행히 이모부가 차를 빌려주셔서 지우펀까지 편하게 갈 수 있었다. 지우펀의 붉은 조명들이 하나둘씩 밤을 밝히기 시

그대라서 좋다. 토닥토닥 함께

지우펀

작할 때, 우리는 스펀으로 이동하기로 했다. 스펀은 경쾌하게 달리는 기차의 길목을 따라 상점들이 죽 늘어선 곳이다. 이곳은 천등을 날리는 것으로 유명한데, 세계 곳곳에서 여행 온 여행객들의 소원이 하늘로 두둥실 떠올라 밝은 빛을 내며 멀리 날아가는 것을 보는 일이 꽤 장관이기 때문이다. 우리는 부랴부랴 차로 발걸음을 옮겼다.

그런데 출발한 지 얼마 되지 않아 갑자기 차 시동이 꺼져버렸다. 주위에는 우리를 도와줄 사람도 차도 없었다. 외딴섬에 놓여 있듯이 덩그러니 우리뿐이었다. 차 시동을 걸려고 시도

타이베이 시내

해봐도 좀처럼 되지 않았다. 이모부에게 전화를 다급히 걸어
봐도 뚜.뚜.뚜. 허탈한 신호음만 계속될 뿐이었다. 차에서 씨
름을 하다 보니 금세 땅거미가 져버렸다. 이상하게 마음이 편
안했다. 어둠 속에 둘뿐이었고, 대책이 없었지만 함께하는 사
람이 아버지여서 괜찮았다. 조금 시간이 흐른 뒤에 결국 아버
지는 문제를 해결했고 차 시동이 켜졌다. 너무 시간이 늦어버
려 아버지에게 꼭 보여주고 싶었던 스펀에 못 가게 되었지만,
그것 역시 괜찮았다.

　그 이튿날에는 아버지와 이모부도 함께 락락산으로 향했

　　　　　　　　　　　　　그대라서 좋다, 토닥토닥 함께

홍마오청

다. 락락산은 가을빛으로 나뭇잎이 아름답게 물들고 있었다. 수천 년 동안 수많은 풍파를 맞으면서 하늘을 향해 뻗은 나무들의 기세가 강인해 보였다. 그 나무들을 더 가까이에서 보기 위해서 산에 오르는데 산세가 험하기도 하고 체력도 달려서 무심결에 아버지의 손을 잡았다. 꽤 오랜만에 잡아보는 손이었다. 성인이 되면서, 아니 사춘기가 지나면서 아버지의 손을 잡는 건 어딘가 낯부끄럽고 어색한 일이 되어버렸다. 참 오랜만에 잡아보는 아버지의 손은 그 어릴 적 잡았던 손과 마찬가지로 여전히 크고 단단했다. 내가 어른이 되면 아버지의 손이

작아지고 가냘퍼질 줄 알았는데, 강인하게 세월을 살아낸 나무들처럼 여전히 든든했다. 손 주름 사이사이에 아버지도 나도 땀이 옹골차게 들어차고 있었다.

여행에서 돌아온 후 아버지 휴대폰을 구경하다가 메모장을 보게 되었다. 아버지는 글을 쓰고 기록하는 것이 취미이다. 메모장에 "딸의 손"이라는 제목의 파일이 하나 있었다. 남의 일기장을 훔쳐보듯 흥미로운 마음으로 파일을 열어보았는데 나와 락락산에서 손을 잡았던 그때의 장면을 시로 기록해놓은 것이었다. 시로 기록해놓을 만큼 손을 잡았던 그 시간이 서로에게 오래오래 기억에 남았던 것 같다. 아버지와 내가 손을 맞잡은 그때, 우리는 아무도 먼저 손을 빼려고 하지 않았다. 따뜻하고 든든하고 뿌듯했던 행복감. 아마 앞으로도 이런 시간이 많지 않으리라 생각되어서일까.

그 후로 나는 다시 아버지의 손을 잡아보지 못했다. 여전히 손을 잡는 일은 어색했고, 산에 가지도 않았기 때문이었다. 그 후로부터 정확히 4년 만에 내가 아버지의 손을 잡은 건 내 결혼식장에서였다.

행진을 하기 위해 예식장 문 앞에서 기다릴 때 잡았던 아버지의 손은 행진을 알리는 웅장한 전주와 함께 미세하게 떨리

그대라서 좋다, 토닥토닥 함께

고 있었다. 슬픔을 억누르며 환히 웃으시는, 따스하고 든든했던 아버지의 손길을 느껴보았다. 아버지의 손을 떠나 나는 이제 오롯이 스스로 생을 살아가야 하는 것이다. 이제는 아버지의 손이 아닌 남편의 손을 잡고, 때로는 홀로 이 대지를 두 발로 딛고 나아가야 하는 것이다. 내가 큰 세상을 마주할 때마다 잡아주셨던 아버지의 손. 나의 세상에 가장 따뜻하고 든든한 버팀목이 되어주었던 아버지의 손. 아버지 고맙습니다. 사랑합니다.

박 혜 경

Park Hye Kyung

물의 정원

그놈의 김치

이런 칠리크랩 같은

박혜경

대전에서 태어나 어린 시절에 서울로 와서 성장했다. 문학을 좋아해서 문예창작을 공부했다. 가천대학교 국문과에서 석박사 과정을 마치고 문학박사 학위를 받았다. 현재 가천대학교에서 학생들을 가르치고 있다. 저서로 『오정희 문학 연구』, 공저로 『문화사회와 언어의 욕망』 『시적 감동의 자기 체험화』 『김유정과의 산책』 등이 있다.

물의 정원

밥 한번 먹자. 우리는 지나가는 인사처럼 말한다. 하지만 바쁘게 살다 보면 밥 한번 먹는 것이 쉬운 일은 아니다. 근 30년 동안 나에게 가장 많은 밥을 사준 사람이 있다. 그녀는 나와 만나기만 하면 먼저 '밥 먹었어?'라고 묻는다.

그녀는 밥 인심이 좋다. 내가 조교 할 때, 논문 쓸 때, 강의 중간에, 식사 때면 늘 맛있는 밥을 챙겨줬다. 밥때가 아니면 따뜻한 차 한 잔이라도 마시게 하는 것이 그녀의 인심이다. 찻잔은 비우기가 무섭게 채워진다. 그중에서도 가장 기억에 남는 것은 그녀가 손수 지은 따뜻한 집밥이었다. 무심히, '집에 잠깐 들를래?' 해서 그녀의 집에 간 날이었다. 나는 명절

날 같은 음식 냄새를 맡으며 그녀의 집으로 들어갔다. 그녀는 특별한 날도 아니었는데 잔칫상 같은 밥상을 차려놓고 나를 기다리고 있었다. 목이 메는 밥상이었다. 집에 돌아올 때는 며칠을 두고 먹을 만큼의 음식까지 싸주었다. 나는 가져온 음식을 천천히 아껴 먹었다. 혼자 지내면서 제대로 챙겨 먹지 못하는 제자를 생각하는 교수님의 마음에 울컥했다. 그렇다. 그녀는 나의 스승, 장현숙 교수님이시다.

박사 과정을 마치고도 논문을 쓰지 못하고 있을 때였다. 인생의 중요한 순간에 지도교수와 제자로 우리는 만났다. 박사 학위를 지도해주는 교수와 제자 사이는 하늘이 맺어준다는 말이 있다. 학문의 세계에서는 논문을 지도해주는 스승이 부모와 다름없는 존재라는 의미이다. 사실 교수님과의 만남은 나에게는 기적과 같은 사건이다. 장현숙 교수님에게 논문을 지도받을 수 있으리라고는 한 번도 생각해보지 못했기 때문이다. 오정희 소설을 연구하는 나는 황순원 연구의 대가이신 교수님의 영향을 많이 받았다. 내 글이 조금이라도 섬세하고 정치한 구석이 있다면 교수님의 지도를 받았기 때문일 것이다.

논문을 쓰는 동안 교수님께서는 내게 과분한 사랑과 애정

그대라서 좋다, 토닥토닥 함께

을 주셨다. 논문에만 집중할 수 있도록 당신의 연구실을 선 뜻 내어주셨다. 연구와 학생 지도를 하는 와중에 당신의 공간 을 나눠 쓰는 것이 많이 불편하셨을 것이다. 그런데도 한 번 도 그런 기색을 내비친 적이 없으셨다. 혹여라도 내가 부담을 느낄까 '편하게 해'라는 말을 달고 사셨다. 논문 쓰는 과정에 서 막히는 부분이 생기면 함께 고민해주었고 매서운 빨간 펜 으로 내가 보지 못하는 오류까지 잡아내주셨다. 그 열정은 크 리스마스 이브날까지도 이어졌다. 연말연시 가족들과 함께 할 시간까지 논문 지도에 할애해주셨다. 그런 교수님의 지지 와 응원 덕분에 지금의 내가 있다.

그러다 보니 함께 하는 시간이 많았고 서로를 깊이 이해하 게 되었다. 교수님과 나는 여행을 좋아한다는 공통점 덕분에 이후 많은 곳을 함께 다니게 되었다. 해남의 민박집 옥상에 누워서 별을 보거나 홍천강에 다리를 담그고 좋아했던 기억 이 난다. 나의 여행 파트너는 평소에는 단아하고 엄격하지만 자연을 대할 때는 한없이 편안하고 자유로운 여행자의 모습 그 자체였다.

교수님도 지금까지 자주 말씀하시는 제주도 3박 4일의 여 행은 특히 기억에 남는다. 교수님의 표현대로라면 우리의 제주도 여행은 완벽했다. 번갈아 렌트카를 운전해서 제주도를 완주하고 구석구석 누비고 다녔다. 해안도로는 물론이고 바닷가 마을의 꼬불꼬불하고 좁은 길까지 찾아다녔다. 희한하게 우리의 여행은 날씨가 항상 좋았다. (물론 교수님의 탁월한 선택 때문이었지만.) 12월 중순에 떠난 여행이었지만 무거운 겉옷을 벗고 따듯한 햇살과 바람을 느끼며 행복했었다. 스승을 모시고 다니는 여행이었음에도 불구하고 큰 불편이 없었던 건 전적으로 교수님의 배려심 덕분이었다.

물의 정원, 교수님께서 내게 지어주신 '수원(水園)'이라는 호의 의미이다. 교수님은 왜 나에게 이런 이름을 주셨을까. 평소에 제자들의 모습을 눈여겨보다가 거기에 걸맞은 이름을 지어주시곤 했다. 제자의 앞날에 건네는 스승의 바람이 담겨 있을 것이다. 그렇게 생각하자면 물의 정원은 나에게 과분하다는 것을 안다. 물처럼 평화롭고 넉넉한 마음으로 살라고 지어주셨을 것이다. 물론 바람만큼 잘 살고 있지는 못하지만 노력하겠다는 약속은 할 수 있을 것 같다. 어떤 이름으로 불려지는가에 따라 한 사람의 운명이 바뀐다고 한다. 나는 물의 정원이라는 새로운 이름을 갖게 되었고, 거기에 따른 또 다른 삶의 지표도 갖게 되었다.

그대라서 좋다, 토닥토닥 함께

교수님께서는 언제나 내가 힘들 때 손잡아주셨다. 제자를 위해서는 남들에게 해야만 하는 아쉬운 소리도 마다하지 않으셨다. 부족한 제자이기 때문에 감당해야 할 몫이 많으셨음을 기억한다. 그런데도 마음으로나 성과로나 보여드리지 못해 늘 죄송한 마음이다. 이제 교수님께서는 은퇴를 앞두고 계신다. 그동안 손잡아주신 것처럼 내가 손을 잡아드려야 할 때가 된 것 같다. 언젠가 '동행'이라는 글귀를 새긴 문진을 선물로 주신 적이 있다. 문진에 새겨진 글귀처럼 '동행'은 나의 가슴에도 새겨져 있다. 당신의 따뜻한 동행이 되어드릴 것이다.

힘들게 박사 논문을 마치던 날이 생각난다. 2월의 어느 날이었다. 꽃샘추위가 기승을 부리던 날이었지만 나는 그날이 따뜻한 봄날 같았다고 기억하고 있다. 아마도 고생 끝에 학위를 받은 기쁨과 스승의 기뻐하는 모습 때문이 아닐까 싶다. 그날 교수님을 꼬옥 안아드리고 싶었는데 쑥스러워서 어깨만 살짝 맞대고 말았다. 퇴임하시는 내후년 2월에는 따뜻하게 안아드릴 수 있을까.

그놈의 김치

얼마 전 우리 집안에서는 한바탕 김치 소동이 벌어졌다. 엄마는 집에 있는 냉장고와 김치냉장고는 물론이고 냉동고까지 몇 번을 뒤진 모양이었다. 해외에 살고 있는 동생이 출국길에 오를 때 배추김치 한 포기를 싸서 보냈다는 것이다. 동생은 무게의 제한 때문에 김치를 가져가지 않겠다고 선언했음에도 가자마자 먹을 수 있기를 바라는 엄마의 마음 때문이었다. 그런데 그 김치가 짐을 다 풀고 아무리 찾아도 없다는 것이었다. 며칠 후 그 김치는 동생네 냉동실에서 발견되었다. 동생이 보내온 사진 속의 김치는 얼었다 녹은 흔적이 역력했다. 턱없이 작은 접시에 담긴 것을 보며 먹성 좋은 조카들에게 귀한 김치를 마음껏 먹이지도 못하

그대라서 좋다. 토닥토닥 함께

고 아끼는 동생의 마음을 알 것 같아 괜히 마음이 짠했다

한참 공부하며 힘든 시기에 홀로 지낸 적이 있었다. 크리스마스이브 저녁에 겨우 라면 한 개를 먹고 체해서 고생하기도 했다. 엄마는 혼자 지낼 나를 위해서 몇 가지 김치를 담가 놓으셨다. 누구나 그렇듯 어린 시절에는 김치를 그렇게 좋아하지 않았는데 그때 엄마가 담가놓은 총각김치는 유난히 아껴먹었던 것 같다. 주로 학교에서 생활했기에 집에서 밥을 챙겨 먹은 적이 많지 않았지만 집밥을 먹을 때면 엄마가 담가놓으신 총각김치를 먹으며 위로를 받았다. 또한 그 김치가 가족의 부재를 채워주었기 때문에 혼자 지내는 쓸쓸함도 논문을 쓰는 고단함도 이겨낼 수 있었다. 그때 먹은 총각김치의 맛을 잊을 수가 없다.

엄마에게는 1년 중 가장 큰 행사가 태양초를 말리는 일이다. 긴 장마가 끝나고 본격적인 더위가 시작될 무렵이면 엄마는 몸도 마음도 분주해지신다. 가락시장을 아침저녁으로 드나들면서 최고의 빨간 고추를 사들이신다. 뜨거운 여름볕에 열흘 정도 바삭하게 말린 고추를 깨끗이 닦은 후에 직접 방앗간에 가서 빻아야만 한다. 그제서야 귀한 태양초를 만날 수 있다. 하지만 고추를 잘 말린다는 이 일이 그리 호락호락하지

만은 않다는 게 문제이다. 갑자기 쏟아지는 소나기를 만날 때면 그동안에 해왔던 모든 정성이 허사가 되고 만다. 그때부터 그야말로 웃지 못할 해프닝과 생고생이 시작된다. 일단 인터폰에 불이 나기 시작한다. 엄마의 고추를 함께 걱정해주는 사람들이다. 경비 아저씨와 이웃 주민들까지 태양초 만들기에 동원되고 있었다.

그중에서도 가장 힘든 것은 새벽에 내리는 소나기다. 누군가의 '비 온다' 한마디에, 물론 대부분은 자면서도 온통 신경을 곤두세우고 있는 엄마일 가능성이 제일 높지만, 온 가족은 혼비백산이 돼서 옥상으로 뛰어 올라간다. 잠옷 바람으로 쏟아지는 비를 맞으며 정신도 없이 귀하신 몸 태양초를 건져 올리기에 바쁘다. 그렇게 해서 고이고이 모셔온 고추는 이제 고스란히 엄마의 몫이 된다. 엄마는 젖은 고추를 하나하나 수건으로 다 닦고 썩지 않도록 쪼개서 펴 널어야 한다. 그럴 때면 거실이며 방이며 공간이 될 만한 곳에는 다 고추를 널어놓아 발 디딜 틈이 없다. 정말 상전이 따로 없다. 혹여라도 고추가 거의 말라갈 때 이 일을 겪으면 집 안을 가득 채운 매운 고추 냄새는 덤이 된다. 그때는 잠도 못 주무시고 밤새 고추를 다듬는 엄마를 보며 이해할 수가 없었다.

엄마의 태양초 말리는 일에는 계속해서 신문물이 추가되었다. 사람이 틀기에도 부족한 선풍기를 동원하더니 급기야는 부모님의 돌침대까지 고추에게 내어주었다. 부모님 환갑 기념으로 사드린 돌침대까지 고추에게 내어주는 신문물이 되다니. 침대는 고추에게 내어주고 딱딱한 바닥에서 쪽잠을 주무시는 부모님의 모습…… 우리 가족은 엄마에게 두 손 두 발 다 들었다.

아빠는 극성맞은 엄마에게 끊임없이 잔소리하셨다. 웬만한 일에는 다 맞춰주는 엄마였지만 그때만은 귀 닫고 입 막고 짱짱히 버텨내셨다. 엄마는 고추가 잘 마른다며 좋아하실 때 유난히 냄새에 민감하신 아버지는 방에 들어갈 수도 없다며 잔소리를 하셨다. 엄마는 고집을 꺾지 않았다. 그야말로 평소에 부릴 고집을 적금 들어놓으셨다가 이자까지 듬뿍 쳐서 받는 모습이었다. 손수 만들어야만 직성이 풀리는 태양초에 대한 엄마의 고집은 누구도 꺾을 수 없었다.

엄마는 그렇게 만든 태양초로만 30년 가까이 김치를 담그셨다. 그 김치를 우리 가족은 물론이고 가까운 친인척, 혼자 사시는 이웃 할머니, 몸이 아픈 지인, 김치를 사 먹는 친구까지 엄마의 김치를 먹어보지 않은 주변 사람은 별로 없다. 김치는 삼 남매를 키우는 빠듯한 살림 중에도 엄마가 나눌 수 있는 감사와 보답과 인정을 대신해주었다. 철이 들어갈 무렵, 그 김치가 엄마의 피땀이라는 생각에 마음이 짠해져 내가 할 것도 아니면서 엄마를 말리던 생각이 난다. 그러거나 말거나 아랑곳없이 엄마는 따뜻하고 넉넉하게 주변을 품으셨고 그 품 안에 이제는 열둘로 늘어난 우리 가족이 잘 살고 있다.

어김없이 엄마의 무릎이 고장났다. 식후 챙겨드시는 약만도 한 움큼씩 되니 온 식구는 그놈의 고추를 말리지 말라고 성화를 했다. 하지만 답은 시간에 있었다. 엄마는 양쪽 무릎이 더 이상 버티지 못할 무렵부터 스스로 고추 말리기를 포기하셨다. 이제는 여름이 끝날 무렵이면 서둘러서 고향에 전화를 건다. 친구분들께 부탁해서 그나마 좋은 태양초를 먼저 사시려는 것이다. 그게 온전히 엄마의 마음에 들 리가 없고 이런저런 불만이 있으시지만 어쩔 수가 없다. 이제는 옥상을 출입하는 게 어렵고 관제실에 부탁해 매번 열어달라고 하는 것이 미안해서 그렇다 하시지만 사실 더는 엄마의 건강이 버텨주지 못한다는 걸 안다.

엄마는 늘 자정을 넘긴 시간까지 김치를 담그신다. 그 흔한 절임배추도 쓰지 않고 혼자서 모든 과정을 하시다 보니 그럴 수밖에 없었을 것이다. 꼭 그때는 내가 그 김치의 간을 봐야 해서 가끔씩 여러 가지 핑계로 싫은 내색을 했다. 하지만 이 제는 젊은 엄마의 그 시간들이 그립다. 얼마 전 부모님 댁에 며칠 머물게 되었는데 오랜만에 밤늦게까지 김치 담그는 엄 마 곁을 지키게 되었다. 김치의 간을 보면서 가슴 한켠이 시 려옴을 느꼈다. 엄마가 오래오래 건강하시기를 기도한다. 이 제 엄마가 말린 고춧가루는 먹을 수 없지만 소중한 엄마의 김 치만큼은 오래오래 먹고 싶다.

이런 칠리크랩 같은

귀국에 앞서 가방 정리를 하겠다며 화장실에 간 그는 좀처럼 돌아오지 않았다. 기다리는 동안 핸드폰에 저장된 사진을 넘겨 보았다. 이 시기에 유난히 더위를 타는 그와 함께 싱가포르로 여행을 온 것이 무리였음을 깨닫는 데는 긴 시간이 걸리지 않았다. 함께 떠나온 첫 해외여행이 때로는 달콤함으로 때로는 삐걱거림으로 다가왔다. 하지만 이제는 무사히 귀국만 하면 된다는 안도감 때문이었을까. 여행 내내 애써준 그에게 고마운 마음까지 들려던 찰나였다.

30분이 훌쩍 지난 뒤, 그는 상기된 표정으로 돌아왔다. 안 그래도 붉은 기운이 살짝 감도는 그의 얼굴이 심각하게 상기

그대라서 좋다. 토닥토닥 함께

되어 있었다. 순간 우리의 마지막 일정이 순탄치 않음을 직감했다.

4박 5일의 일정 동안 싱가포르의 불볕더위를 걸어서 즐겨야만 했었다. 하지만 우린 열심히 시간을 보냈다. 싱가포르가 처음인 나와 평생의 해외여행이 처음인 그는 나름대로의 기대와 설렘으로 여행을 준비했었다. 싱가포르의 필수 코스라 할 수 있는 리버 크루즈를 타고 로맨틱한 야경을 구경했고, 클락키에서 맥주를 마시며 제법 분위기를 내보기도 했다. 이곳의 랜드마크인 마리나베이 샌즈에 숙박을 결정한 건 순전히 인피니티 풀 때문이었다. 둘 다 수영을 하지는 못하지만 꼭 한 번 가보고 싶은 곳이었다. 막상 그곳에 들어가 보니 대부분 수영을 하기보다는 사진을 찍거나 아득히 펼쳐지는 야경을 바라보는 것이 일이었다. 보기만 해도 아찔했지만 그도 수영장 난간에 기댄 채 분위기를 냈고 나도 웃으며 사진을 찍어댔다. 미소를 지으며 브이자를 그리고 있는 순박한 표정이 나름대로 귀여웠다.

보타닉 가든은 뜻밖의 만족감을 준 곳이었다. 관광객들이 잘 찾지 않는 곳이라 한적해서 여유롭게 돌아볼 수 있었고 사

싱가포르 보타닉 가든(Singapore Botanic garden)

그대라서 좋다, 토닥토닥 함께

실은 복잡한 도시 여행에 지쳐 있던 우리에게 휴식의 장소가 되어주었다. 엄청난 규모에 놀랐고 다양하고 특이한 식물을 보면서 탄성이 절로 나왔다. 기회가 되어서 다시 싱가포르를 여행한다면 보타닉 가든만큼은 꼭 다시 찾고 싶다. 거기서 나와 택시 승강장을 찾지 못해 어둑어둑해질 때까지 한참을 걸어야 했고 큰맘 먹고 산 버스 종일권을 한 번밖에 쓰지 못했지만.

 미식의 나라인 싱가포르를 대표하는 음식 중에 칠리크랩이 있다. 우리도 칠리크랩을 먹기 위해 택시까지 타고 현지인이 찾는다는 맛집을 방문했었다. 큰 게에 토마토와 칠리소스를 얹은 이 요리는 매콤한 데다 달고 짠맛으로 유명했다. 비싼 값을 치른 것이 후회되지 않을 만큼 우리 입맛에도 만족스러웠는데, 문제는 무척 성가시다는 것이다. 손을 사용해 먹는 이 요리는 먹을 때마다 묻어나는 양념을 닦아내야 했고 또다시 묻히고 닦아내야 하는 일을 반복해야 했다. 오죽하면 손 씻는 물이 테이블 위에 세팅되어 있을 정도였다. 물그릇이 있다고 해서 이 요리를 점잖게 즐길 수 있는 건 아니었다. 중간에 손을 씻으러 나갔다 와야 할 정도였으니까. 천하일미였지

칠리크랩

만 최고로 성가신 요리였다고나 할까.

그 또한 달콤한 나의 파트너였지만 성가신 존재인 것도 사실이었다. 여행지에서 발생하는 예기치 않은 일들을 해결해주지만 매번 교과서에서 배운 5형식 문장으로 대화를 시도하던 그의 모습, 발 빠르게 무언가를 물으러 가주지만 한참 동안 돌아오지 않던 모습, 최신 핸드폰을 놔두고 종이 지도나 길거리 표지판만으로 길을 찾으려 하던 모습. 공항 로비에 서 있는 그의 얼굴이 양념 범벅이 된 빨간 칠리크랩이 되고 있었다. 당황한 얼굴은 상기되었고 억울함마저 느껴졌다. 그는 내게 무언가를 호소하고 있었다. 그는 칠리크랩이었다.

그대라서 좋다. 토닥토닥 함께

왜? 뭔데? 무슨 일이야? 나는 불길함을 애써 누르며 눈빛으로 대답을 재촉했다. 그가 특유의 꾸물거림으로 망설이며 말했다.

"아무리 찾아도 여권이 없다."

아니, 거두절미하고 여권이 없단다. 우린 세 시간 후면 비행기를 타고 안락한 내 나라, 내 집으로 돌아가야 하는데, 그 생각만으로 힘들었던 휴가에 너그러워질 수 있었는데 말이다. 여행 내내 쌓아왔던 그에 대한 불만이 한꺼번에 터져버릴 것 같았다. 덥고 뜨거운 날씨가 한몫을 했겠지만 그때는 소중한 휴가를 망쳐놓은 그가 원망스럽기만 했다. 여행 경험이 많지 않은 그의 센스 없음도, 호기심에 어디든 두리번대는 것도, 어쩌면 호텔 문을 나서기 무섭게 젖어버리는 그의 티셔츠도. 이 모든 것은 언제부터 꼬였던 것일까. 여행의 첫날, 한참을 걸어 머라이언상을 보러 갔지만 공사 중이라는 표지판만 보게 되었던 그 순간부터였는지도 모르겠다.

여행 중간에 여권을 잃어버리고 일정이 꼬여버린 얘기를 종종 듣긴 했지만 지금 우리는 출국을 위해 공항에 와 있지 않은가. 공항으로 출발하는 택시를 타기 전에 여권을 마지막으로 점검했으니, 여권은 택시에 두고 내린 것이 맞다. "당신

먼저 돌아가." 너무 당황해서 아무 말도 못 하고 있던 내게 그가 던진 첫마디였다. 나는 어이가 없었지만 다른 방법이 있는 것도 아니었다. 어쩌면 여권을 잃어버린 칠칠치 못한 남자랑 한순간도 더 있고 싶지 않았는지도.

공항 인포메이션에 문의를 했지만 여권을 찾거나 재발급을 받기 전에는 출국이 불가하다고 했다. 만일을 대비해 여권의 복사본을 준비해 갔지만 그건 소용이 없었고 그날은 마침 대사관이 휴일이었다. 혼자서 출국 수속을 밟고 있는 중에 경찰서로 대사관으로 쫓아다니던 그가 공항으로 돌아왔다. 자신은 공항 근처 숙소에서 하루를 자고 새 여권을 받아 출국한다고 했다. 그러면서 내게 아무 걱정 말고 조심히 돌아가라고 한다. 걱정은 무슨…….

혹시나 붙잡을까 눈도 안 마주치고 돌아서는 순간, 전화벨이 울렸다. 오브코올스, 예스, 땡큐, 노 프로블럼, 연신 대답하는 그의 모습을 보니 전화 내용이 충분히 짐작이 갔다. 천만다행으로 우리가 탔던 택시의 기사분이 간단한 수고비만 받고 여권을 가져다 준다는 반가운 소식이었다.

여행을 소재로 한 수필에 당신의 이야기를 쓸 거라고 하니까 사람 좋은 웃음을 짓는다. 아무 일 없이 여권을 찾아 귀국길에 올랐으니 얼마나 다행이냐고, 자기 이름이 싱가포르 경찰청에 올랐다나 뭐라나! 이런 칠리크랩 같은.

Um Hye Ja

엄 혜 자

엄혜자

어려서부터 글 읽기를 좋아해서 활자 중독이라는 말을 들으면서 자랐다. 공동저
서로 수필『소중한 인연』『여자들의 여행 수다』, 문학비평『문화사회와 언어의 욕
망』『시적 감동의 자기 체험화』 등이 있다. 문학박사이며 〈책읽는 마을〉 대표로서,
제자 양성에 힘쓰고 있다. 가장 행복한 시간은 제자들과 책을 읽는 일이다. 훌륭
한 제자 양성을 인생 최고의 목표로 삼고 있다.

마당 예쁜 집

어떤 이유로 만나
나와 사랑을 하고
어떤 이유로 내게 와
함께 있어준 곳
부디 행복한 날도
살다 지치는 날도
모두 그대의 곁에 내가
있어줄 수 있길

〈마음을 드려요〉 아이유의 노래. 나는 '인연'을 생각하면, 사람보다 공간이 떠오른다. 나와 20년을 함께한 '마당 예쁜 집'. 역삼동의 고층건물이 즐비한 곳에 숨어 있던 보석 같은 공간. 내가 입주할 당시, 60년의 나이를 먹었고, 20년간 나와 했으니 80년이 된 집. 이 집의 옛 주인인 할머니가 이곳에서 달콤한 신혼을 시작했고 자식을 낳아 키우며 아롱다롱한 추억을 만들었다는 곳.

내가 이 집을 처음 만난 것은 산책길에서였다. 하얀색 대문에 이끌려서 나도 모르게 대문 안을 보게 되었다. 마당에는 마구 자란 잡초와 채소들, 60여 년이 된 각종 과실나무들이 뒤엉켜 있었다. 특히 마당의 풀은 한 발씩이나 되어서, 그곳은 도시에서 생존터를 찾지 못하던 풀벌레들의 낙원이었다. 잡초나 채소나 나무들이 인간의 기준에서 분류한 '쓸모'와 관계없이 평등하게 살아가고 있는 마당에 나는 그만 마음을 빼앗기고 말았다.

갖지 못한 명품이 밤의 잠자리까지 나타나서 홀리듯이 손짓을 해대는 바람에 도저히 구매하지 않고는 견딜 수 없다던 명품 수집가인 친구. 골프에 미쳐서 잠자리에 누우면 천장이 골프장으로 변신한다던 친구. 가수 덕질을 하느라 자신의 블로그를 가수 이야기로 가득 채우는 친구. 나는 그들을 보면서 뭐 그리 세상에 홀릴 것이 있나 싶었다. 그러면서도 이성으로 중무장되어 있는 나는 한편으로는 그런 감성이 부럽기

그대라서 좋다, 토닥토닥 함께

도 했다.

그런데 그 집의 마당을 본 후, 나는 친구들의 마음을 이해할 수 있었다. 차를 마실 때면, 그 마당에서 마시고 싶었고, 야채를 먹을 때는 방금까지 생명이 있던 채소를 따서 먹고 싶은 욕망이 분출했다. 명품 가방도 아니고 골프 필드도 아닌, 100여 평의 집에서 살고 싶다는 이 엄청난 욕망은 시간이 지나도 사화산으로 쇠하지 않았고, 휴화산으로 멈추지 않았다. 오히려 활화산이 되어 점점 더 내 욕망을 부추겼다.

어느 날, 용기를 내어 그 집 초인종을 눌렀다. 집주인 할머니는 쇠약해 보였다. 마당의 잡초가 우거진 이유를 할머니의 모습에서 알 수 있었다. 쇠잔해 보이는 할머니보다 내가 훨씬 더 이 집을 사랑할 것만 같은 자신감. 할머니가 이런 큰 집을 소유하고 사는데 얼마나 힘들까 하는 이기적인 안쓰러움. 할머니는 당신에게 이 집은 힘에 부치는 공간이다, 비도 잘 새고 집도 커서 유지하기가 힘들다, 하지만 이 집이 허물어지고 큰 오피스텔이 되는 그런 모습만은 생전에 보고 싶지 않다는 강한 의지도 함께 표출하셨다. 나는 할머니의 생전에는 이 집이 존속할 것이라 약속했다. 만약 나에게 이 집을 넘겨만 주신다면.

그런데 할머니는 도장을 찍을 때쯤이면 마음이 변해서 나를 애태웠다. 내 남편이 지은 집이어서, 아이들의 고향이어서, 당신 삶의 총체라서 안 된다고 했다. 할머니에게는 돈이 아닌 추억이 필요했던 것이다. 할머니에게 언제라도 이곳을 방문할 수 있는 자유이용권을 드린 후에야 긴긴 번복과 애탐에서 벗어나 드디어 나는 마당 예쁜 집으로 삶의 터전을 옮겼다. 오래된 집은 너무도 많은 손길이 필요했고, 내가 즐겼던 20년 동안 남편은 집수리하는 데 그 세월을 오롯이 보냈다.

그곳에서 내가 가장 좋아한 곳은 캠프파이어장이다. 강남 한복판의 집에 큰 모닥불장이라니! 나와 제자들은 첫눈이 와서, 시험이 시작되기 전의 파이팅으로, 시험을 잘 본 기념으로, 시험을 못 본 위로로, 새로 수업을 하러 온 학생의 환영 파티로, 입시가 끝나고 이별을 하는 마지막 순간까지 캠프파이어장과 같이 했다. 제자들과의 모든 순간은 그 이곳에서 시작해서 이곳에서 끝냈다.

유독 캠프파이어를 좋아했던 강아지인 열매. 캠프파이어가 계획된 날, 장작만 옮겨도 좋아서 껑충껑충 뛰었다. 불을 붙이고 불길이 타오르면 기쁨을 주체하지 못해서 마당을 몇 바퀴 전속력으로 뛰곤 했다. 어느 날, 열매는 림프암을 선고

그대라서 좋다, 토닥토닥 함께

받았다. 수의사는 열매에게 급격한 체중 감소가 일어날 것이며, 15킬로그램에서 5킬로그램 정도로 살이 빠지는 3개월쯤 세상을 하직할 것이라고 했다. 나는 '지성이면 감천이다'라는 말을 믿고 싶었다. 림프암에 좋고 면역에 도움이 되는 열세 가지 자연식을 찾아내서 칵테일 요법이라고 부르면서 열매에게 먹였다. 열매는 사망 당시 체중이 16킬로그램으로 3개월이 아닌 2년을 더 살고 세상을 떠났다.

열매가 생애 마지막 음식을 먹은 곳이 바로 캠프파이어장이다. 성탄절 이브를 축하하는 파티가 열렸고, 그곳에서는 군고구마와 소시지가 맛있게 익어갔다. 열매는 군고구마와 소시지를 맛있게 먹더니 불을 쬐었다. 그날 저녁 어스름! 열매는 마당의 모든 곳을 순찰하듯이 구석구석 살폈다. 그리고 열매는 아버지 품에 안겨서 조용히 무지개다리를 건넜다.

대학에 떨어진 제자들이 타오르는 불꽃을 보면서 새 희망을 가졌던 곳. 대학 합격한 학생들이 이곳이 자신들의 유토피아였다고 고마워했던 곳. 열매가 최후의 만찬을 했던 그 장소. 가끔은 우리 가족들이 파이어장 주변에 앉아서 이런저런 삶의 이야기를 나누면서 가족의 소중함을 덧입혔던 곳. 친정의 남매들이 웃음꽃을 피웠던 곳. 단원 연구실의 교수님과 선생님들도 공유했던 소중한 공간. 오랜 우정의 '정다울' 친구들이 가장 좋아하면서 즐겼던 곳.

2년 전, 바로 앞의 건물에 주차타워가 들어서서 이산화탄소를 내뿜고, 옆 건물이 리모델링하면서 분뇨 수거 시설을 건드리는 바람에 마당 토양이 오염되어 나는 결국 그곳을 떠나야 했다. 그나마 다행인 것은 할머니의 생전에 그 집을 지키겠다는 내 약속만은 지켰다는 사실이다.

마당 예쁜 집. 그 장소는 이제 없지만, 나에게는 내 인생의 가장 빛났던 20년을 만들어준 소중한 추억의 공간으로 남아 있다. 내 가슴속에. 지금도. 아니 내 삶을 마칠 때까지도.

그대라서 좋다. 토닥토닥 함께

소통이 있는 풍경

2001년 늦가을 비가 내리는 밤, 초인종 소리가 요란하게 울렸다. 한식을 맛있게 해서 황태찜 정식을 주문하면, 큰 쟁반을 머리에 이고 오셨던 '모퉁이 식당'의 아주머니였다. 그분의 손에는 어린 길고양이가 있었다. 너무 어린 고양이라서 생존이 위험한 상태였다. 아주머니는 도움을 청한 생명체를 외면하면 벌을 받을 것 같다면서, 고양이를 강제로 내게 맡기고는 자리를 떴다. 그때 만난 고양이가 지금 열아홉 살이나 된 '모퉁이'이다.

모퉁이는 고양이 전용 우유를 두 시간 간격으로 먹으면서 자랐다. 어린 고양이는 항문의 힘이 없어서 어미 고양이가 항문을 자극해서 배변을 유도해주어야 한다. 밤에 우유를 먹으면 용변을 보겠다고 엉덩이를 내 얼굴에 들이민다. 나는 어미 고양이의 까슬한 혀의 감촉과 같은 삼베 수건을 손가락에 감아서 항문을 두드려주면서 모퉁이를 키워냈다.

내가 잠을 설쳐서 하품을 하면서 보냈다면, 아들은 알러지로 항히스타민제를 먹으며 졸음 부작용으로 고생했다. 모퉁이가 마당과 마당 옆 방에서 살 수 있을 정도인 2개월이 되었지만, 자기 연령에 비해 유난히 작은 모퉁이를 마당 옆 방에다 떼어놓기가 힘들었다. 그때 떠오른 묘안이 '열매'였고, 나는 열매와 모퉁이가 서로 의지하며 지내기를 간절히 바랐다.

제자네 집 강아지였던 열매는 그 집에서 고급 가구 및 가전 제품, 의류까지 막대한 재산 피해를 초래하고 한 살의 나이로 안락사가 결정되어서 제자의 가슴을 애타게 한 강아지이다. 우리 집으로 입양된 후, 열매는 마당견으로 완벽하게 정착했다. 수의사에게 자문을 구했으나, 강아지와 고양이가 집 안이 아닌, 마당에서 사이좋게 지낸다는 것은 힘들 것 같다는 부정적 답변을 받았다. 그래도 나는 열매와 모퉁이를 믿었고, 다양한 조언과 도서를 참고해서 모퉁이를 마당 옆 열매 방에 넣어둔 채, 밖에서 문을 닫아두었다. 둘이 서열을 정리하고 동반견묘로 살아가기를 간절히 빌면서.

밤새 둘 사이에서 펼쳐지는 전쟁 소리가 요란했다. 모퉁이의 경계심 넘치는 '야옹' 소리에 열매는 우렁찬 목소리로 '멍멍' 짖어댔다. 심각한 으르렁 소리가 날 때는, 모퉁이를 다시 집 안으로 데려올까 고민했지만, 알러지로 눈이 퉁퉁 부어 다니는 아들을 더 이상 외면할 수가 없었다. 곧 조용한 정적 속에서 마당의 새벽이 밝아오고 있었다.

살그머니 열매 방으로 가보고 나는 감동의 눈물을 흘리고 말았다. 고양이용 2층 침대는 텅 비어 있었고, 열매의 품에 모퉁이가 안겨서 무아지경으로 열매의 젖을 빨고 있었다. 열매는 모퉁이에게 기꺼이 젖을 내주었고, 열매의 배는 모퉁이의 날카로운 발톱 자국으로 늘 상처가 있었다. 그후부터 둘의 애정은 더욱 깊어만 갔다.

우리집 마당의 담을 경계로 해서 빵집이 있었다. 언제부턴가 그 집의 빵 봉지가 우리 마당을 어지럽혔다. 무게가 없는 봉지가 높은 담을 넘어서 우리 마당에 온다는 사실이 믿기 어려웠다. 그러다가 그 범인을 잡고 말았다. 모퉁이가 빵집에서 봉지를 물어다가 열매에게 주는 것이다. 산책냥이인 모퉁이는 자유롭게 다닐 수 있었고, 봉지 속에 남아 있는 부스러기로 열매는 별식을 즐기고 있었다.

나의 상상 속에서, 어느 날 회오리바람이 불고, 우연히 봉지가 바람을 타고 우리집 마당에 떨어진다. 열매는 그 봉지 속의 남은 내용물로 행복한 시간을 보낸다. 모퉁이가 그것을 보면서 옆집에 많은데 물어다 줄까. 몇 개 물어다가 열매에게 준다. 열매는 감사의 표시로 모퉁이를 핥아주고, 모퉁이는 열매에게 매일 빵봉지를 물어다 준다. 이렇듯 10년을 넘게 살아가는 시간 속에서, 둘은 진정한 소통의 풍경을 만들어내고 있었다.

다음으로 입양된 마당 가족은 피망과 초코라는 기니피그였다. 제자의 간곡한 요청으로 마당 한 켠 앵두나무 밑에 나지막한 울타리를 쳐서 기니피그를 입주시켰다. 그때까지 기니피그가 쥐와 같은 설치류라는 생각을 하지 못했고, 모퉁이가 고양이라는 생각조차 잊고 있었다. 기니피그는 마당에 오더니 흙의 냄새를 맡고, 굴을 파면서 바로 생기를 보였다. 그때 담 위에서 '미야옹야옹, 카르릉카릉' 하는 소리가 들렸다. 모퉁이가 자기 털을 고슴도치처럼 세우고, 공격 신호로 꼬리를 치면서 기니피그를 따라 눈동자를 굴리고 있었다.

아! 우리 집에 고양이가 있었지. 나는 모퉁이가 고양이라는 사실을 잊고 그냥 가족으로만 생각했구나. 나는 일단 모퉁이를 안고, "모퉁아. 피망이와 초코는 쥐가 아니야. 아니, 사실은 쥐야. 그런데 엄마가 사랑하는 가족이야. 모퉁이가 친하게 지내야 하고, 다른 고양이들이 오면 지켜줘야 할 동생이야."라고 말했다.

일주일 동안 집 안에 모퉁이를 격리시켜놓고, 마당으로 나갈 때마다, 모퉁이에게 피망이와 초코를 돌보는 모습을 보여주면서 모퉁이와의 소통을 시도했다. 그 후 마당에서 가장 햇볕이 잘 드는 기니피그 집에서 모퉁이는 일광욕을 즐기면서 데굴데굴 굴렀다. 모퉁이 바로 옆에서 피망이와 초코는 열심히 먹으면서 한 울타리 안에서 지냈다.

요즘 우리 사회는 갈등이 심각하다. 빈부, 남녀, 세대 간의 갈등, 소통의 부재로 인한 가족의 해체. 이런 갈등 비용을 경제적으로 계산한다면 1년에 수조 원이 된다고 한다. 천성으로 인해 소통할 수 없는 쥐와 고양이, 그리고 개와 고양이. 이들도 누군가 먼저 서로에게 냄새를 묻히고 마당을 공유하고 소통을 할 수 있다. 그런데 '쇠 귀에 경 읽기' '벽창호'처럼 서로 마음을 닫고 갈등하는 요즘 사회를 보면서, 늘그막까지 마당에서 무한한 말썽을 피우면서 천수를 누리고 간 열매와 피망이와 초코가 그립다.

이 글을 쓰고 있는 내 발 밑에서 연세 지긋한 모퉁이는 '그릉그릉' 행복한 소리와 함께 내 발등에 꾹꾹이를 하면서 따뜻한 체온을 내게 전해준다. 모퉁이 옆에는 유기견의 기구한 운명을 바꾸고 새로운 동반견이 된 요콩이가 모퉁이를 정성스럽게 핥아주고 있다.

그대라서 좋다. 토닥토닥 함께

니아스섬, 시공간의 틈새

　　　　　　　국제선 공항이 인천으로 넘어가기
한참 전인 1997년, 인도네시아의 보석으로 유명한 니아스섬
을 향해 떠났다. 니아스섬은 유명한 관광지가 아닌 탓에 직항
편이 없었고, 싱가포르 공항과 인도네시아 메단 공항을 거친
후, 차편과 배편을 이용해야만 겨우 닿을 수 있는, 아주 비밀
스럽게 숨겨진 곳이었다.

　싱가포르로 향하는 비행편은 지루했다. 또한 싱가포르에
도착 후 인도네시아로 향하는 환승 항공편은 특별한 설명도
없이 몇 시간이나 지연되었다. 항공사 직원들의 웅성거림, 분
주함, 슬픈 표정을 보면서 그 이유가 자못 궁금했다. 메단 공
항에 도착해서 엄청난 인파와 방송 카메라, 취재진들을 보며,

그 이유를 알 수 있었다. 우리 가족이 타기로 했던 항공기는 자카르타에서 출발해 싱가포르에서 내릴 승객은 내리고 탈 승객은 태우고 메단으로 가는 항공편이다. 그런데 자카르타에서 출발하여 싱가포르 공항 도착 30분 전에 비행기가 실종되었다. 메단 공항에서는 가족과 친지를 잃을 뻔한 위기를 비켜 갔다는 안도감과 가족을 잃은 비통함의 울음들이 교차되어 온 공항을 맴돌고 있었다. 갑자기 발 아래 큰 먹구름이 몰려오다가, 발가락 앞에서 탁 멈춰 서버린 기분이었다. 처음에는 항공기 기장의 자살 비행으로 판정되었으나 먼 훗날 기체 결함으로 밝혀져 조종사의 누명이 벗겨졌던, 대형 인명사고에서 우리는 살짝 비켜설 수 있었다.

니아스섬으로 가기 위해선 토바호를 건너야 했다. 그곳은 호수라기보다 대양에 가까운 모습이었다. 운전기사는 비 오고 바람 불면 파도까지 쳐서 배들이 수시로 침몰한다고 장난스레 겁을 주기도 했다. 이미 큰 사고를 간접 경험한 터라 긴장하며 페리선에 올랐다. 유리알처럼 맑은 물을 보며 마음이 좀 놓일 무렵, 사람들이 배 난간에 몰려서 호수 속으로 동전을 던져 넣고 있었다. 로마의 트레비 분수처럼 다시 이곳을 찾길 바라는 마음인 걸까. 흐뭇하게 지켜보고 있는데, 갑자기

물속에서 어린아이들이 두더지 게임하듯 불쑥불쑥 얼굴을 내밀기 시작했다. 그들은 승객들이 던진 동전을 주우러 호수 바닥까지 잠수하여 동전을 문 빵빵한 볼을 하고서는 물 위로 솟구쳐 올라오고 있었다. 이렇게 생존하는 아이들을 보니 마음이 불편했다. 어느새 다음 날 밝은 아침, 우리는 니아스섬의 구능시톨리항에 도착해 있었다. 우리는 남단의 최종 목적지인 소라케 비치를 향해 원시림 사이를 또다시 달렸다.

처음으로 만나는 강물과 그 사이를 가로지르는 다리는 재미있는 구조로 되어 있었다. 다리는 거대한 원목 통나무를 두 개씩 묶어 두 줄로 나열해 거대한 트럭도 무난히 건널 수 있을 만큼 튼튼해 보였다. 다만 중간에 딱 한 군데 1미터 정도가 끊어져 있어서, 무턱대고 지나가려다가는 차와 함께 강에 풍덩 빠져버리는 구조였다. 마을 사람들이 만든 다리니까 외부인은 돈을 내야만 지나갈 수 있도록 널빤지 하나를 빼놓은 것이다. 운전 기사가 마을로 가서 일만 루피(한화 천 원)를 드리자, 깊은 주름과 굽은 허리를 한 촌장님이 무거운 널빤지를 둘러메고 오신다. 그리고 끊어진 다리를 이어주신다. 두꺼운 널빤지를 다시 가져가는 것도 벅차 보이지만 그래도 오랜만에 올리는 수입에 신나하면서 기분 좋게 마을로 돌아가셨다.

그런데 안타까운 사실은 이런 다리가 계속 나온다는 점. 운전기사는 계속 촌장님을 모시러 가고 촌장님들은 무거운 널빤지를 계속 들고 나오는 진풍경이 반복되었다. 때때로 벌어지는 바가지 요금과 흥정은 서비스였다.

마침내 도착한 소라케 해변은 전 세계 서퍼들이 꿈에 그리는 해변답게, 수심은 얕고 파도의 높이는 대단했다. 가이드는, 이 아름다운 원시의 섬은 좁은 공간 속 한정된 자원 때문에 부족 간 전쟁과 살육에 시달렸다고 한다. 패배한 부족은 노예가 되어 유럽으로 팔려 나갔다. 이처럼 이곳은 근세기 노예무역의 중심지였다. 니아스는 자연의 아름다움 속에 사람의 피와 눈물을 간직한 섬이었다.

니아스섬의 과거가 그대로 보존되어 있는 바오마탈루오 마을은 이런 니아스의 역사를 그대로 담고 있었다. 마을의 형태는 피라미드 구조로 되어 있어, 마치 견고한 방어진지와 같은 팽팽한 긴장감이 느껴졌다. 마을 중심에 들어서자, 젊은 주민과 유럽계 관광객이 대화를 나누고 있었다. 주민은 뭔가 거절을 당했는지 언짢은 표정이었다가, 우리를 보고는 매우 밝은 얼굴로 다가와 마을의 전통 공연 프로그램을 보라고 한다. 비용은 삼십만 루피(한화 삼만 원)이며, 한 시간 동안 마을의 전

그대라서 좋다, 토닥토닥 함께

출정식을 재현하고 있는 돌담 뛰어넘기

통 생활상과 무술을 보여준다고 열심히 설명했다. 내가 흔쾌히 승낙하자, 젊은이는 신이 나서 마을 사람들을 불러 모으기 시작했다. 우리 가족을 위해 수십 명의 마을 사람들이 전통 전투복 차림에 무기와 방패를 들고 마을 광장으로 모여들었다. 옛 전쟁의 출정식을 재현하는 돌담 뛰어넘기, 민속 공연, 전투 장면, 환영 행사 등을 지켜보며, 현대의 니아스섬에 투영된 과거를 느꼈다. 공연 내내 젊은 주민이 한 곳을 매섭게 노려봤는데, 알고 보니 관람 제의를 거절했던 관광객 커플이 공짜로 공연을 보고 있었다. 그것도 가장 좋은 자리에서.

빙긋 웃음이 나왔다. 젊은 주민에게 주머니가 가벼운 젊은 배낭 여행객들을 이해해주라고 하니 그는 멋쩍게 웃으며 마음을 풀었다.

멋진 공연보다 더 기억에 남는 것도 있었다. 공연이 끝나고 고풍스러운 전통 가옥 앞 계단에 앉아 기념 촬영을 하려니, 집주인이 황급히 문밖으로 나왔다가 애매한 미소를 지으며 촬영이 끝나길 기다렸다. 알고 보니 우리가 앉았던 계단과 돌판은 부족 간의 전투에서 명예롭게 사망한 전사가 집으로 돌아와 눕는 숭고한 자리라 했다. 친절한 설명과 함께 그는 30센티미터 정도의 조그만 대나무 악기를 내밀었다. 자신들은 명예로운 전사의 장례식에서 절대로 울지 않는다고 했다. 대신 대나무 악기를 흔드는데, 그 소리가 애절했다.

니아스의 멈춰진 시공간과 몽환적인 석양, 드높은 파도를 뒤로하고 귀국길에 오른다. 매번 강을 지날 때마다 변함없이 비틀대며 무거운 널빤지를 메고 나오시는 촌장님들께 미소로 인사를 드리며, 다시 페리선에 올랐다.

귀국길에는 폭풍우가 대단했다. 3등 칸에 나이 드신 수녀님이 아기들 네 명과 함께 승선하셨는데, 거친 파도에 놀란 아기들이 울음을 멈추지 않아 난처해 보였다. 수녀님과 아기

니아스섬의 용맹전사

들을 우리 선실로 모셔오기로 했다. 다행히 우리 선실은 침대
가 있는 단독 선실이어서 온 가족이 출동하여 아기들을 선실
로 데려왔다. 아기들은 부모가 해난 사고로 사망한 고아들이
란다. 맡아줄 친척도 없고 니아스섬에 고아원도 없어서 네덜
란드계 양부모들에게 데려가는 중이라고 했다. 혼자서 아기
들을 돌보느라 지치신 수녀님이 밤새 몹시 앓으셔서 결국 우
리 부부는 수녀님 대신 아기들을 돌보느라 뜬눈으로 밤을 새
우며 시볼가항에 도착하였다. 토도독 떨어지는 빗방울 소리
와 함께 서둘러 배에서 내렸을 때, 저 멀리서 아기들의 양부
모들이 보였다. 하룻밤이지만 내 품에 안겨서 잠들었던 아기
들과 서둘러 다가오는 환한 미소의 양부모를 번갈아 보면서

울컥하는 마음에 눈물이 났다.

어느덧 메단 공항에 도착해, 고국으로 돌아가는 항공편을 기다리다가 문득 싱가포르 인근에서 추락한 항공기 생각이 났다. 우리는 재난을 가까스로 피한 사람들이라는 안도감과 수많은 이들의 사망과 남겨진 사람들의 오열을 보면서 여행을 시작했다. 항공기 추락으로 죽은 사람들과 동전을 입에 가득 채워가며 생존하는 아이들의 삶이 겹쳐진다. 무거운 널빤지를 메고 비틀거리던 연세 드신 촌장님들의 모습과 아기들을 돌보느라 지쳐 밤새 앓았던 수녀님, 자기들에게 다가올 새로운 운명도 모른 채, 잠든 아기들의 젖내가 또 문득 떠오른다. 니아스의 푸른 파도와 하얀 백사장을 향한 여행에는 석가모니가 옛 스승 알라가 칼라마에게 물었던 생로병사의 고통이 있었다.

다시 전통 의상을 입고 춤을 추던 주민들의 모습과 눈물을 대신하는 대나무의 소리가 머릿속에 울린다. 세상에는 멈출 수 없는 너무나 많은 고통이 있다. 그러나 니아스의 주민들은 죽음을 두려워하고 통곡하기보다 한 발짝 뒤에서 대나무를 흔든다. 현실의 변화와 개방 속에서도 시간의 틈새에 머물며 다시 한 발짝 뒤에서 전통 의상을 입고 춤을 춘다. 인도네시

그대라서 좋다. 토닥토닥 함께

아 본토의 사람들은 니아스의 주민들에게 현대에 적응을 못하는 촌뜨기들, 변화를 두려워하는 겁쟁이들이라고 비하한다. 그들의 눈에는 그렇게 보일지 모른다. 아직도 정부가 파견한 관료보다 마을의 원로회의 말을 듣고, 돈은 좋지만 전통문화나 삶의 방식을 바꾸라면 완강하게 거부한다. 하지만 생로병사의 고통에서 한 걸음 떨어져 바라보며, 시공간의 틈새에 휴식처럼 머무는 삶을 누가 비웃을 수 있을까.

요즘 현대인들의 로망으로 제주도 한 달 살기, 일 년 살기가 유행처럼 번진다. 산불처럼 휘몰아치던 성장의 시대가 저물고, 동떨어짐과 멈춰 있음의 가치가 화두가 된 세상을 지켜보며, 시간의 틈새에 고고하게 앉아 있는 니아스섬이 그립다.

유 미 애

You Mi Ae

세상에 단 하나, 나의 꽃피는 아몬드 나무에게

나의 비밀 정원

내 여행의 시퀀스

유미애

서울 봉천동에서 태어나 짧지만 귀여운 꼬꼬마 시절을 그곳에서 보냈다. 봄앓이를 하는 것 같이 마음의 풍경을 쫓았던 10대 시절, 작은 가슴에 품었던 책과 음악들은 여전히 지금도, 은빛처럼 고운 마음의 결을 만들어내고 있다. 가천대학교 교육대학원 국어교육과, 가천대학교 대학원 국어국문학과를 졸업하고 문학박사로서 현재 수능국어와 논술을 가르치며 제자를 양성하고 있다. 논문으로는 「윤대녕 소설에 나타난 '운명'에 대한 인식의 변화와 그 의미 - 「불귀」(1991)와 「경옥의 노래」(2016)의 대비를 중심으로」와 「윤대녕 단편소설 연구」가 있다.

세상에 단 하나,
나의 꽃피는 아몬드 나무에게

　　　　　　　몇 해 전, 고모는 제주도 여행에서
널 닮은 그림을 보았단다. '고흐'라는 세계적인 화가가 있는
데, 그가 그린 〈꽃피는 아몬드 나무〉를 보게 된 거야. 맑고 청
아한 파란 하늘을 배경으로 흐드러지게 핀 하얀 아몬드 꽃들
이, 꽃망울을 터트리듯 소담하게 캠퍼스를 가득 채운 그림이
었어. 영상까지 더해 전해지는 고흐의 적막하고 쓸쓸한 삶이
애잔하면서도, 보는 내내 '아몬드 나무' 그림에서 마음이 떠
나지 않았단다.

　전시회장을 나와서 발견한 그 그림이 작은 액자에 담긴 것
을 보았는데, 어찌나 고모의 마음을 한껏 끌어당기던지, 왜
그랬을까. 너를 향한 고모의 마음이 그곳에 닿았을까? 아니

면 나를 향한 너의 마음이었을까? 하늘거리는 액자를 구입해 소중하게 담아 갤러리를 나오는데 자꾸만 웃음이 새어 나오는 거 있지. 그때 마침 널 닮은 따스하고 달콤한 노을을 보았어. 그 순간 알 수 없는 감동이 밀려오는 것은, 무엇보다 고흐가 아몬드 나무에 그려낸 조카를 향한 깊은 사랑을 공감했기 때문일 거야.

그렇다면 〈꽃피는 아몬드 나무〉 그림에 대한 이야기가 궁금하겠지?

〈꽃피는 아몬드 나무〉는 실제 고흐가 자신의 조카가 태어났을 때, 축하의 의미로 조카에게 선물로 그린 작품이라고 해. 내가 한참을 아몬드 나무 그림 앞에 서 있으니 점원이 와서 친절히도 설명을 해주더구나. 그 이야기를 듣고 어찌나 신기하던지. 당시 여섯 살이었던 우리 은서를 너무너무 예뻐하던 고모에게 아몬드 나무 그림은 이루 말할 수 없이 설레는 그림이었어. 그림 속에 담긴 일화를 알지 못하는데도, 가는 발걸음을 오래 붙든 이유를 알게 되는 순간이었지.

실제 2월은 남부 프랑스에서 봄을 알리는 '봄의 전령사'인 아몬드 나무의 개화기란다. 아마도 고흐가 활짝 핀 아몬드의 하얀 꽃잎들을 보면서, 막 태어난 조카를 향한 자신의 벅찬 마음을 그렸을 것이 분명해. 우리 은서 생일이 2월 9일인 것을 생각하면 이 그림과 고모는 운명적인 만남이었던 것 같아. 봄에 대한 기대와 설렘이 가득한, 네가 태어난 달이니 말이야. 〈꽃피는 아몬드 나무〉 속에는 고흐가 지닌 조카의 탄생에 대한 주체할 수 없는 기쁨이 가득 차 있어. 고모가 우리 은서를 맞이할 때와 같은 마음이겠지? 물론 많이 성장한 열 살의 은서도 너무너무 예쁘고 사랑스럽단다.

무엇보다 티끌 하나 없이 아몬드 나무를 받치는 파란 하늘의 배경은, '조카의 눈동자'를 표현한 것이라고 하더라. 조카의 눈동자가 새파란 하늘처럼 맑고 투명한 것이라 짐작돼. 파란 눈의 아기. 어쩌면 우리 은서의 커다랗고 깊은 눈동자를 닮지 않았을까? 이따금씩 고모가 가끔 하늘을 쳐다보는 것도 같은 이유에서란다. 작고 귀여운 아기 천사가 고모 곁에 와주어서 내가 기쁘듯이 고흐도 그랬을 거야. 그 기쁨이 캠퍼스에 듬뿍 채워져 있어, 〈꽃피는 아몬드 나무〉는 곧 우리 은서가 되고 말았지.

너는 생각나니? 웃음기 없이 앉아 있던 내게 조용히 다가와, 귓속말로 속삭이던 너, 아기 천사의 말을 잊지 못해.

"고모, 걱정하지 마."

일곱 살이었던 아가에게 들었던 상상도 못했던 위로에, 고모는 눈물을 글썽이며 너를 꼬옥 안아주었지. 아직 초등학교도 들어가지 않았던 은서가 무슨 뜻으로 한 말인지 정확히 알 수는 없지만, 고모가 웃지 않으니 힘을 주고 싶었던 같아. 너의 예쁜 말이 너무 기특하고 감동적이어서 몇 년이 지난 지금도 잊을 수 없단다.

할머니와 할아버지, 고모까지 우리 은서를 너무너무 예뻐하지만 그 중에서도 가장 고모가 좋다고 말하는, 너의 꼬물거리는 입술은 연둣빛 잎사귀를 닮았어. 더욱이 너의 티 없는 미소는 봄의 전령사다운 화사함을 가지고 있지. 그 언젠가 나를 작은 가슴으로 안아주었듯, 앞으로 많은 날들을 함께할 우리 은서에게 마음 가득 축복과 응원을 보낸다.

세상에 단 하나, 나의 꽃피는 아몬드 나무 은서야, 고모 곁에 와주어 고맙고 이루 말할 수 없이 많이많이 좋아해. 건강하렴.

가을빛 고운 10월 어느 날,
고모가 작은 천사 은서에게 쓴다.

그대라서 좋다, 토닥토닥 함께

나의 비밀 정원

　　가을, 나무, 바람, 그 바람에서 습
기가 빠졌다. 늦여름이 막 지나간 자리에 생긴 예쁜 그늘, 그
아래서 시원한 바람 맞으며 나는 눈을 살짝 감았다. 여긴 그
런 곳이다. 내 마음에 스산한 공기가 들어올 때, 이유를 아는
슬픔이 자리할 때, 덧없는 분노가 나를 가득 채울 때 아무도
없는 이곳을 찾아 쉬어 간다. 언제나 내 마음이 쉬어 가는 곳
이다.

　　호암미술관으로 들어가는 산책로는 옆에 호수를 끼고 산으
로 둘러싸인 채 큰 뜰처럼 놓여 있다. 생긋한 풀잎과 이름 모
를 들꽃, 살랑거리는 물결까지 평안을 노래하듯 자리하고 있
다. 호암미술관 안의 정원도 예쁘지만 나는 평일 낮, 인적이

드문 이 산책로를 무척 좋아해 가끔 찾는다. 호암미술관까지 올라가는 길은 구불구불한 도로로 이어져 쉽게 찾기도 힘들지만, 봄이면 벚꽃놀이로 사랑받는 장소이기도 하다.

이곳은 주말을 제외하고는 사람이 많지 않아 홀로 시간을 보내기에 좋다. 특히 늦여름이 지나 초가을로 접어들면, 이곳은 나만의 정원이 되어 풍성한 감성으로 그득하게 만든다. 길게 늘어진 초록빛 나무들을 지나, 커다란 넓적바위 위에 앉아 한동안 산과 호수를 바라본다. 무엇보다 가장 좋은 건 나뭇잎 사이로 쏟아지는 햇살. 고개를 들고 반은 누운 자세로 눈이 시릴 때까지 햇살을 향해 눈을 맞춘다. 어느 순간 햇살 때문인지 까닭 모를 눈물이 흐를 때도 있다. 봄볕보다 더 따사로운 가을 햇살은 맑고, 고요하며 아늑하다. 정적 속에서 흐르는 물소리, 바람이 불러낸 청량한 나뭇잎들의 소리, 소곤거리는 새소리까지 덜 여물고 더딘 내 마음을 보듬어준다. 그리고 때론 물기 어린 내 마음을 햇볕이 보송하게 말려낸다.

나는 햇살을 무척 좋아하여, 나의 선생님께서는 내게 '소윤(昭昀)'이라는 호를 내려주셨다. 빛날 소, 햇빛 윤. 참 곱고 예쁜 또 다른 나의 이름이다. 특히 이곳에서 느끼는 바람과 햇살은 시각이 아니라 촉각으로 더 진하게 다가온다. 나무의 흔

그대라서 좋다. 토닥토닥 함께

들림도, 눈이 부신 햇빛도 살결에 닿는 부드러운 감촉으로 느낄 수 있다. 이곳은 오로지 나를 향해 집중할 수 있는 공간으로, 자연이 주는 치유의 힘과 너그러움을 내게 얹어준다. Lu-cette!(밝게 눈부시게) 말없이 건네는 위로, 그 안에 담긴 '괜찮아, 아무 일도 아니야'라는 자연의 속삭임, 눈을 감으면 들리는 온화한 바람과 쏟아지는 햇살이 나를 가득 품는다.

사람은 누구나 자신만의 공간이 있는 듯하다. 어떤 이는 고향을 찾아 가고, 또 어떤 이는 그리운 사람을 향해 가고, 더러 어떤 이는 자신만의 고요를 찾아 같은 장소를 반복적으로 찾는다. 어쩌면 그것은 종종 산다는 것이 힘이 부칠 때이거나, 알 수 없는 생의 굶주림을 느낄 때이거나, 혹은 내가 나에게 연민을 느낄 때일지 모르겠다. 옆에 있는 사람들조차 눈치채지 못하는 각자의 허기를 채우기 위해, 그렇게 사람들은 자신만의 낙원을 찾아 떠나는 것이리라. 기실 이 세상 어느 누구의 삶도 애틋하지 않을까. 허기와 공허가 다시 생명으로 충만해지면 우리는 다시 각자의 시간과 공간으로 돌아온다. 쉼을 통하여 일상으로 돌아오는 것이다.

순례자들의 여행이 그러하듯, 끝없이 펼쳐진 옛 성인의 길을 따라 걷는 일은, 그 행위만으로도 믿음이 되는 시간이다.

순례자들의 여정을 따라 뚜벅뚜벅 걷는 우리들은, 순례자들의 기나긴 시간과 경험을 공유하며 충만함과 위로를 얻는다. 그래서일까. 목마르던 갈망을 채운 뒤 일상으로 돌아와 살아내는 일은 그만큼 숭고한 일일 수도 있겠다.

결국 우리 모두가 순례자로서의 여행을 떠날 수 없기에 각자의 별빛 정원을 찾아 잠시 머무는 듯하다. 그곳에서 누군가의 안녕을 빌어주듯 내가 나에게 안녕을 묻고, 또 깊은 밤 잠 못 드는 그대를 위해 그의 달콤한 숙면을 기도하듯. 각자가 포근한 정적의 공간에서 위로의 순간을 맞이한다. 상처를 밀어낸 그 자리에 예쁜 순이 자라나 또 오늘을 살아내는 것처럼.

나도 그렇게 나의 비밀 정원에 핀 들꽃과 같이 너무 슬퍼하지도, 너무 기뻐하지도 않으며, 담담하게 흐르는 구름을 향해 말을 건넨다.

"너는 어떠니? 평안에 이르렀니?"

내 여행의 시퀀스

눈이나 모래 따위로 인해 시야가 심하게 제한되어 모든 것이 하얗게 보이는 현상, 방향과 거리를 가늠할 수 없는 이 현상을 '화이트 아웃'이라고 한다. 3년 동안 몸이 아팠던 내가 모든 삶이 멈춰버린 채, 고통스럽고 절망적인 시간을 보낸 그 시간들이 꼭 그러했다. 그러나 가늠할 수 없어 절대 빠져나올 수 없을 것 같던 긴 터널을 지나, 나는 천천히 몸에 생기를 찾았고, 아주 어렵게 일상으로 돌아왔다.

몸이 회복되기까지 3년의 공백은, 내게 변화를 가져왔다. 그동안 사유했던 모든 것들을 새롭게 정의하기 시작하면서, 그 변화는 새로운 일에 도전을 부추겼다. 2013년 그해, 겁이 많아 엄두조차 못 냈던 운전면허를 취득한 뒤, 오매불망 1년을 기다렸다. 운전 경력이 1년 이상이 되지 않으면 렌트를 할 수 없는 교통법규 때문이었다.

1년이 지나고 가장 먼저 한 일은 '혼자 여행을 가는 일'이었다. 나에게 육지와 멀고, 바다를 건너는 섬, '제주도'는 무척 매력적인 곳이었다. 온전히 '나의 시간', '나의 공간'에서 자유롭게 자동차 여행을 즐기는 일은, 내 버킷리스트 첫 번째에 당당히 오른 일이었다. 그래서일까. 렌트를 하기 위해 또 기다려야 했던 1년은 사방에서 꽃망울이 터지듯 설레고 행복했다. 그 후로 1년에 한 번씩 '제주도 홀로 여행'을 실천하고 있으니, 그야말로 운전면허 취득은 신의 한 수였다. 치유와 회복의 공간으로, 서먹하지도 낯설지도 않은 곳에 다다를 수 있으니 이 무엇과 바꿀 수 있을까.

제주도 여행을 자주 하다 보니 나만의 루틴이 생겼다. 사람들이 많이 찾는 관광지를 피해 조용하고 은밀하지만, 내 마음을 부르는 곳을 향해 발걸음을 재촉한다. 무엇보다 안도 다다오와 이타미 준을 좋아하는 내게 제주도에 있는 그들의 건축물은 성지와도 같다. 비범한 아름다움을 가진 그들의 건축물이 그러하지만, 세계적인 건축가로서 자리를 잡기까지 축

그대라서 좋다, 토닥토닥 함께

적된, 두 사람의 삶에 대한 이야기가 아주 짙게 담겨 있기 때문이다. 학력도 국적도 그들이 꿈꿔왔던 세계를 구현하는 일에는 문제가 되지 않았다. 오히려 곳곳에 묻어둔 그들의 진심이, 보는 이에게 감흥을 넘어 위로를 전하니 말이다.

제주도에 도착해서 숙소로 가기 전, 가장 먼저 들르는 곳이 있다. 이타미 준이 지은 '방주교회'. 나의 제주도 여행의 시작은 이곳에서부터 시작된다. 사실 이곳은 차가 없으면 오르기 쉽지 않은 곳에 고즈넉하게 자리하고 있어, 갈 때마다 사람이 붐비는 번거로움을 겪지 않는다. 아는 사람들만 오게 되어 생긴, 숨은 공간의 매력이랄까. 입구를 들어서는 순간, 교회 앞마당에 가득 찬 초록빛을 배경으로 교회 예배당 겉모습이 정말 물에 떠 있는 방주를 연상케 한다. 정면에서 볼 때 목재로 만든 지붕의 정교함은, 신앙을 떠나 모든 이들에게 묵직한 따뜻함을 선사한다.

무엇보다 계절마다 변하는 방주교회의 다양한 모습에 보는 즐거움이 남다르다. 지붕 위의 소복한 눈이며, 노을을 휘감은 황홀한 정경이며, 보랏빛 소담한 수국과 가을 억새의 기막힌 춤사위. 특히 푸른 잔디와 예배당을 비추는 물결이 일렁거리는 봄날이 되면 꽃들의 달콤한 향으로 가득하다.

제주 방주교회 정면

　방주교회를 떠올리면 '수국'이 가장 먼저 생각난다. 어느 해인가, 교회 뒷마당에 연한 하늘빛으로 탐스럽게 핀 수국 속에 파묻혀, 사진을 찍는 내내 만개한 미소를 짓던 나를 잊을 수 없다. 쉽게 떠날 수 없는 그 자리에서 한 번, 성스러운 예배당에서 또 한 번, 나는 나의 여행의 첫 기도를 이곳에서 드린다.

　내 키의 두 배가 넘는 높은 문을 열고 성가가 울리는 예배

그대라서 좋다, 토닥토닥 함께

제주 방주교회 측면

당 안으로 들어간다. 일요일을 제외하고 개방하는 예배당 안
에는, 조용히 기도하는 몇몇 사람이 보인다. 대부분의 관광객
은 예배당 밖에서 사진을 찍느라 분주하지만, 나는 이 공간에
서 즐길 수 있는 평안과 묵상이 더 즐겁다. 소박하다고 느껴
질 만큼 정갈하고 고요한 내부는 내 여행의 시작을 응원하고
끝을 위로한다. '다시 일어설 수 있을까'라고 수없이 되물었
던 지난날을 뒤로 하고, 비로소 나는 햇살 가득한 이곳에 앉

제주 방주교회 예배당

아 있다. 그리고 마침내 입술로 그리게 된 '감사'는 지금까지
내 여행의 오랜 테마가 되고 있다.

자기 삶에서 스스로 빛을 구하기 위해서는 '기다림'이 필요
하다. 때로는 참된 순간을 위해서 모든 것을 내려놓고 잠깐
멈출 줄도 알아야 한다. 그래서 고통스러운 날들을 지나 자신
안의 그늘을 걷어내는 일이란 가치 있고 용기 있는 일일 것이
다. 그리고 온전히 나에게 몰입하는 순간, 멀리 보이는 '빛'과

그대라서 좋다. 토닥토닥 함께

마주할 수 있게 된다.

　시퀀스(sequence), 건축에서 말하는 순서와 배열이라는 정의의 이 말은, 어쩌면 우리 인생에서 모든 순간의 시작을 의미하는지도 모르겠다. 찬란한 감동을 얻기까지 거쳐야 하는 삶의 과정이 그러하듯, 내 여행의 시작이 평안을 향한 기도가 되듯이, 내 여행의 시퀀스는 어두운 방에 불을 켜는 것과 같다. 고요하게, 눈부시게. poco a poco(서서히, 조금씩).